幻梦中涌动的海

〔澳〕理查德·弗兰纳根　著

李琬　译

The Living Sea
of
Waking Dreams

南海出版公司

新经典文化股份有限公司
www.readinglife.com
出　品

献给

戴夫与迪·马斯特斯

破坏者和私欲的利斧砍倒了猎物；
我再也见不到这里的水莲木路和圆橡树窄街
还有像教堂讲坛般的中空大树：
圈地运动像拿破仑一样，把一切都铲除，
它夷平所有的灌木、大树和山岗
把鼹鼠像叛徒那样绞死——尽管小溪还在静静流淌，
却已是失去生机的溪水，刺骨、冰凉。

——约翰·克莱尔[①]，《纪念》

[①] John Clare（1793—1864），英国19世纪浪漫主义诗人，其创作侧重于对自然的描写。

第一章

1

她的手。

2

安娜想，你无法说清这种消失是怎么开始的，以及它是否已经结束。或者，就这件事来说，重要的是如何让这种消失发生。不管此事关乎我还是她或者他，不管当事者是她、我们还是你们，不管它发生在此刻、过去抑或不久的将来。甚至连正确的语态、时态和人称都没有，要描述它就更难了。甚至不可能。词语曾存在吗？就像弗朗西指出的那样。

好吧：它们曾是什么[①]？

仿佛这些词本身也已同时四散崩解，这么多灰烬和煤尘即将落下，这么多烟雾将被吸入。仿佛能说的只有，我们说"你们"，或者"如果这样，那么……"。他们我们曾是我们你们？[②]

[①] 本书中的仿宋字体均对应原文中的斜体。
[②] 本书的一些段落中，作者有意使用了混乱的语言表达。

3

也许弗朗西在不能说……说话的时候更快乐，汤米结结巴巴地讲。我的意思是，难道把经验翻译成语言，也算得上一项成就？而且，它是否正是我们一切不快乐的根源？它是不是我们的悲剧，我们如今的傲慢自大？世界因为字眼、词句和精心构筑的段落而魂不守舍。一个词会引发另一个词，很快，你就会经历出轨、战争、屠杀和人类世①。根据汤米喝醉时的说法，沉默，是真理的唯一所在。

那么我们到底拥有些什么？噪音——无处不在的胡言乱语。

4

很长一段时间以来，他意识到一种存在于身体内部和外部的日渐强烈的尖叫，安娜的弟弟继续说道。他想遏制这种尖叫。它让他口吃，但它顽固地存在着。世界日复一日地变得愈加炙热，愈加烟雾缭绕，夜晚也愈加吵闹：更多的施工噪音，更多被吞没的虫声，更多的路面噪音，更多消亡的鱼类资源，更多的新闻噪音，更多正在灭绝的青蛙和蛇，更多关于脱欧和特朗普、气候和煤炭的话题，越来越多、越来越多的无处不在的该死的游客，即使在这座塔斯马尼亚岛，即使在这个所谓的世界尽头也

---

① 一个尚未被正式认可的地质概念，用以描述地球最晚近的地质年代，由荷兰大气化学家保罗·克鲁岑（Paul Crutzen，1933—2021）于2000年提出。他认为人类活动对地球的影响足以形成一个新的地质时代。

到处都是，毕竟他们都在珠穆朗玛峰上排成长队了，你还能指望什么呢？——更多的风钻①，更多正在倒车的卡车，更多上下起伏的升降机哔哔作响，更多的观光大巴堵塞着狭窄的街道更多滚动的行李箱在马路上咔嗒地吵更多他妈的温尼贝格房车②和他妈的爱彼迎民宿还有更多的本地人睡在他们在城市各处支起的帐篷里面直到连他的睡眠也充满噩梦般不断移动和扩大的噪音而它对任何人都毫无益处只是助长着那些让人们不安不幸并且更加贫穷的东西③；一种日益增强的惊惶呈现为一种躁动，一种对静止状态的恐惧，而本来旨在拯救这个岛屿的旅游业则早已与其本意背道而驰：那些游客甚至在本地人的前院拉屎，这他妈的又是怎么回事？他们把可怜的企鹅从它们的洞穴中揪出来，抱着它们自拍然后发在 Instagram 上，这些人又是谁？他们坐廉航飞机来到这里，坐游轮来到这里——一年比一年更庞大、更聒噪也更幼稚的死亡星球里是更高大的水上滑梯、蹦极台和从燃料舱的烟雾下面伸出来的视频屏幕，刻意制造出快……快乐，汤米说。这该……该……该死的监狱伪……伪造的乐趣在霍巴特④上空飘浮，看起来就像诺弟城⑤，难道每个人都想停留在七岁？

　　是的，不是，也许。

---

① 一种以压缩空气为动力的打孔工具，常用于穿凿岩石。

② 美国著名房车品牌。

③ 中译文的断句尽可能保留了原文风格。

④ 澳大利亚塔斯马尼亚州首府。

⑤ 英国女作家伊妮德·布莱顿（Enid Blyton, 1897—1968）笔下的人物，他是一个总爱点头的小木偶，居住在玩具城里。

5

在城市后面的山上,大火越烧越近,新闻报道和社交媒体每天都传送着千百人聚集的疏散点照片这就像一场战争而人们就像难民这就是一场战争而他们正在输掉到底是谁战胜了谁? 在他的手机上政府正在呼吁建造更多的煤矿新的燃煤发电厂如果在澳大利亚你参与针对这场大火的抗议活动胡说八道他们就会让你和犯谋杀罪一样坐牢二十一年他们好像还嫌没有足够的火灾和浓烟但他非常害怕,实际上,他充满恐……恐惧,他早就受够了。塔斯马尼亚本来是你期待能躲避一切尘俗纷扰的地方,但是它也被吞没了,古老的森林不断消亡,沙滩遍布粪便,野鸟呕出购物袋,一个世界正在消失,某种骇人的暴力正在回归,来做最后的清算。

怎样,什么,为何,是谁?

6

正因为这些事情越来越多了,汤米说,世界似乎也就越来越少,或许他自己也越来越少了。瓢虫消失了花萤和绿头蝇消失了你从没见过的蜈蚣现在消失了那些好看的颜色鲜艳的圣诞甲虫也消失了他们还是孩子的时候常爱搜集它们有着金属质感艳丽甲壳的飞行蚁群消失了春天的蛙叫夏天的蝉鸣消失了像小型鸟类一样大的帝王蛾也消失了它们粉雾般的波斯地毯般的翅膀拍打着消磨了一个个夏夜而在它们周围袋鼬袋鼠啄果鸟雨燕鹦鹉也正在消失消失消失。所有的东西都少了许多,汤米说,她应该来和他一起捕小龙虾，但怎么还会有人做这个？巨大的海藻林消失了，鲍鱼消失了，小龙虾消失了！消失！消失！有什么东西不对劲，他认为这是一种痛苦，一种在他体内蔓延着的疾病，蔓延、持续、消失，他的胸口和肌肉发紧，呼吸变得短促，日复一日，夜以继夜。你总能听见它，你无法阻止自己听见它，明白吗？

7

她觉得问题在于爱吗？没有人知道如何去爱，爱是否已经消失？是这样吗？他觉得自己的心比一部手机更小，她明白他这是什么意思吗她明白吗她真的明白吗？

8

安娜告诉汤米他真的说得太多了。但她也感觉到了。她觉得那种东西在吞噬她。她感到某些事正在发生。但那究竟是什么？她感觉她的手机在振动。发生什么了？出了什么问题？对不起，汤米，安娜说。她只是需要、想要逃离这个、那个，她只想确认一下——对不起——确认某些东西，一切东西，任何东西。

9

汤米是在伯尔尼①上的圣母马利亚神父寄宿学院。伯尔尼：

① 塔斯马尼亚州西北部的海港小镇。

港口，纸浆厂，颜料厂，恋……恋童癖。十二岁生日过后，他就带着口吃回家了。汤米爱喝酒。罗尼也去了那个寄宿学校。也许罗尼会比汤米喝得更多。他们常常谈起罗尼，他的某些事，但不是那件事，他们从不提那件事，他们谈他的性格，他的一些口头禅和小动作，他喜欢的玩具还有他的小狗巴珀，但他们谈论最多的是罗尼的未来。

安娜、汤米、罗尼、泰尔佐，他们依次相差两岁左右，而他们几个确信，罗尼是他们中间最有天赋的。出色的运动员。出色的头脑。也许是的，也许不是，也许他还活着，安娜说，也许他会变得很胖，他会喝很多酒，也许他四十七岁时会因为脑出血而死去。不过，他什么时候死去其实并不重要，因为他是四个孩子里最聪明的，而且他终究会死，一百三十二公斤已经完全死去的、真正的虚无，是四十七岁还是十四岁，真的重要吗？

这就是罗尼的兄弟和姐姐谈起他的方式，以一种无所归依的圆环结构，这个圆环只是不断地向内旋绕，为他们的兄弟虚构种种别样的未来。他们把这个过程叫作"罗尼化"。一个旋涡。一个罗尼化的旋涡。

汤米说自己没法救他。汤米总是说得好像他原本能救罗尼似的，但汤米连自己也救不了。汤米会说，这是最好的办法。然后他会再次开始罗尼化。罗尼化，罗尼化。这是最好的办法，这是最坏的办法，随便怎样。

随便他妈的怎样。

10

汤米坦言，他渴望重生，作为一棵树活着。这句话大概道出了你需要了解的汤米的全部。她说，如果他真是一棵树，此时他正在燃烧。汤米说他已经在燃烧了。他的儿子戴维，也就是安娜的侄子，是个精神病患者，深受各种声音的折磨，也就是说，被言语折磨，汤米解释道。汤米很担心——这很明显——而且坚持认为，爱的战斗就是疏远言语的战斗，一场他的儿子已经输掉的战斗。

11

也许就是因为这个，当弗朗西问安娜她的手是怎么回事的时候，安娜什么也没说。她在母亲面前放了一杯他们一致决定称之为茶的浆液，尽管它黏稠得像胶体一样，这是为了让母亲喝的时候不会被呛到。呷了一小口，弗朗西就打开了另一个话题，这次是关于当天早些时候她所看见的，医院窗外的洞穴里的东西：一些先是变成鸟然后又变成植物的动物，还有最后"老虎"谈起过的那辆装满"旧人"的马车。

安娜从母亲身旁离开，走到窗前。当然，那里并没有任何洞穴、马车或正在变形的动物，只有一片暗淡的城市景观。她忽然被一股想要破窗跳下的冲动笼罩，尽管她在几层楼高的地方，而下面远远铺展着一条毫不留情的霍巴特的街道。

但安娜突然意识到——那种你会在梦里获得的意识：如果她

跳出窗子，她并不会死去，而是会在下落时轻轻画出弧线，完成一次强有力的俯冲。接着她会发现自己在坎贝尔街上方飞行，飞过华美而古老的犹太教堂，它有着神秘的埃及复兴风格的恢宏外观，由一批被释放的犹太囚犯建造，仿佛在说，这座范迪门斯地①既是他们的埃及②，又并非如此，因为它也意味着自由。

她会飞越它，并不是凌空，她并不那么自信十足，只是在离地面一两米的地方飞翔，以一种欢愉的、多少有些可怕的速度四处滑行，像她孩提时在梦中学到的那样，轻轻倾斜一下肩膀，或者微微动一下伸展开的腿，她就能左右自己的方向，一种同时保持静止和运动的状态；换句话说，一种完美的平衡状态，通过绝对的专注来保持完全的控制，高度投入地关注身体最细微的动作，只要做错一个动作，魔法就会在最为灾难性的坠落中终结。

但假如安娜对飞行之力的信念能多持续一会儿，那么很快，她就会到达她需要到达的地方，也就是说，那个宁静、绿意盎然、充满幻梦甚至超脱的地方。

12

但首先，我们需要弄清一些细节，泰尔佐说。他们中最小的弟弟泰尔佐的言论通常多多少少会成为整个家庭的看法，不是安娜的白日梦、汤米的想法，而是泰尔佐的意志。这时安娜听见泰

---

① 1642年，荷兰探险家阿贝尔·塔斯曼（Abel Tasman，1603—1659）发现了这座后来被称为塔斯马尼亚的岛，将其命名为"范迪门斯地"（Van Diemen's Land），名字取自荷属东印度总督安东尼·范·迪门（Anthony van Diemen，1593—1645）。
② 指犹太人被奴役之地。

尔佐带着一种无可避免的确信将它表达出来，这意志充满了她身后的病房，得到了如此美妙的控制，排除了它意图之外的一切多余或不必要之物，像一扇正在关上的门那样发出单调的声响。

她突然开始跌倒、坠落，失去了所有的力量，当她从窗前转过身来，开始关注弟弟蜜糖般的嗓音，她听到泰尔佐正对汤米说话，仿佛汤米也是他那些好骗的客户之一。泰尔佐穿着优雅的意大利式西装，没有系领带的衬衫散发出考究的随意，他闪烁的双眼生在一张与这种强硬个性相比过于的脆弱的面孔上。汤米却和泰尔佐形成了对比，宽大的工装牛仔裤、磨破的摇粒绒上衣，还有安娜常常想起的他那张有些肥胖、下垂的屠夫般的脸。她走上前去，举起手要跟弟弟们打招呼，但几乎一抬手就立即把手放了下来，泰尔佐和汤米可能没注意到弗朗西注意到的这个动作。

13

那年，塔斯马尼亚的夏季无穷无尽。任何正常的自然规律都不再成立。春天没有下雨，夏天也没有。每天都很热，都比前一天更热。尽管天气如此，那年的夏天却并非明朗、快乐。在岛上那些荒野的上空，没有雨的雷暴数日不息，成千上万次电闪雷鸣处处点燃小火苗。那些雨林一度是潮湿而神秘的世界，现在却是一片干枯、苦苦挣扎的林地，火苗生根，火势蔓延；很快，这些大火就成了唯一的新闻；它们烧得更近或更远，它们在扩大或者被阻截；重点是，不论在何处，这些火焰都会无情地延展，随之而来的是那些可怕的、使人窒息的烟雾，席卷而来的余烬，笼罩一切的烟尘，塔斯马尼亚岛的首府满是流离之人，他们无精打采地等待着火灾终结，期待早日回归他们自己的家园和生活。

然而生活本身仿佛已经停滞。

人们都在等待，但没人知道他们究竟在等待何物。随着大火一周又一周地缓慢吞噬古老的森林，灾难迫近的感觉和紧张感不断增长，岛屿西部和高地上那些优美的石楠地和高山花园被灰烬掩盖，每天早上安娜都看到灰烬在自己的床单上形成斑点；火焰将岛上的老城冲刷成古老蕨类和南水青冈叶片碳化后的碎屑——只要她轻轻一碰，这些完美的负片①就化为煤灰般的污迹；还有那些活了一千年的比利国王松、古老的刺叶树、铅笔松树林和一丛丛露兜树、彩穗木，高大桉树和长满纽扣草的平原，细小珍稀的高山兰花，如此缤纷的神圣世界所残留的，只有安娜落满烟尘的床单。

烟雾把空气染成烟草般的褐红色，只有当风把几乎笼罩全岛的浓云吹开一个小洞，你才能看见塔斯马尼亚令人目眩的明亮蓝天。烟雾似乎永远不会散开，最糟的时候，它把所有人的视野缩小到几百米，把整个世界都包裹得让人幽闭恐惧症发作。每天太阳都蹒跚而来，像一个有罪之人，一个暴力的红色球体，轮廓模糊不清，宿醉一般颤抖着穿过浓烟，而在土黄色的光线下，烟雾闷住了每一条街，充满了每一个房间，弄脏了每一样饮料和饭食；刺鼻的、柏油味的、硫黄般的烟雾刺痛每一个喉咙的深处，塞满每一张嘴和每一个鼻子，把温暖轻柔的夏日气息隔绝在外。

---

① 原指经曝光和显影加工后得到的影像，其明暗与被摄体相反，色彩为被摄体的补色。

这就像和一个患慢性疾病的吸烟者住在一起，只不过这个吸烟者就是全世界，而每个人都住在它肮脏、崩毁的肺叶里。

14

就在那个周三下午，不到一小时前，正当安娜开车前往阿盖尔街上位于皇家霍巴特医院对面的停车场时，就是这股烟雾烧灼着她的喉咙，让她咳嗽不止。当她举起左手捂住嘴巴，奇怪的事发生了。她有一种古怪的感觉：她的一根手指不在了。这想法如此诡异，她马上就让自己回过神来，放下了手。

当安娜转弯开上停车场第四层的斜坡，她把左手放到方向盘上方。不对劲的感觉又一次出现。她低头向下看。不太对劲。她看到了大拇指，又数出了三根手指。她转动方向盘，接着又把方向盘打回来。这次她确定自己缺了一根手指，就在小拇指旁边，无名指的地方，确切地说，安娜想，好吧，确切地说那里什么也没有。

她四处转了转头，在停车场黄昏时分的光线下偷偷张望，希望自己或许能看到丢失的手指跳出来。她望着租用汽车向前猛冲，好像马上就要翻车。她用剩下的手指摩挲杯架和换挡装置，却只摸到沙砾和租车用的文件。她好几次低头打量双腿间的车座，最后看向下面的地板。

这种异想天开的搜寻是荒唐的，因为你不可能像丢失一把钥匙或一部手机那样丢失一根手指，当她意识到这一点，便猛地抬手——她把方向盘从九点钟位置转回十二点的位置，差点撞上对面开来的一辆车。她的确快要撞上了。对面的司机大声鸣笛，她踩下刹车，急转弯，停下，把颤抖的手举到额头上面，感到的不是轻松，而是一股猛然来袭的恐慌。

在她的小拇指和中指之间，在她手掌曾经连接着无名指的地方，现在只有一片散射的光：关节部位模糊不清，和那种用修图软件处理过的不够美观的脸、屁股、大腿、皱纹以及各种各样的畸形之处一样，包含着部分真相，而另一部分真相则被抹除在画面之外。

于是，现在这块空缺，看起来也仿佛是她实际拥有的一根手指了。

她花了好一会儿近距离看了看这只手。这不是某种奇怪的幻象或错觉。无可否认——她的手上没有无名指。她晃了晃大拇指和另外三根手指。它们看起来很正常，有手指该有的一切功能。没有痛苦。没有那种立即察觉到的疼痛或丧失感。

只有一种不断消失的过程。

15

安娜放下手，她以为碰上这种离奇事件只是因为自己当天过于疲倦。那一天，汤米在凌晨两点打电话把她叫醒，他说弗朗西病情恶化，已经被救护车送到皇家霍巴特医院。只说最简短的信息，这真惹人讨厌，安娜想，因为从后来的情况看，弗朗西的状况还会不断恶化，不过从未像汤米描述的那样糟糕。

汤米会时不时报告母亲最近的健康状况，这种做法却让安娜感到近乎荒谬。她和泰尔佐甚至常常开玩笑说，汤米又打电话表示他很担心弗朗西的进食、说话或呼吸了。汤米似乎觉得自己有责任让姐姐和弟弟了解母亲身体的诸多不适，仿佛这些小毛病能证明她的健康已然全面崩溃。

的确，这些年来她的身体是出了些问题，但过一段时间后，问题就会自行消失。好些年前，弗朗西开始举止异常，她的医生将她诊断为失智。她的步态变得古怪，是一种奇特的、一边蹦跳一边踉跄的步伐——就像在恶劣路况中行进的马，泰尔佐如此说道——而且医生还诊断出了帕金森病。当她跌倒后被紧急送进医院，他们才发现她的病既不是失智也不是帕金森，而是其他一些情况造成的——她的脑部有积液，也就是那种被称作脑积水的病，缓解的方法则是在她脖子后面植入通向大脑的分流管，把过多的积水抽入胃部。

尽管这个手术听起来可怕，但到底还是成功了。古怪的步态和人格错乱消失了。弗朗西再次接受了一个年迈的自己，回归到她原本的生活和家庭中，而他们，她的三个孩子，也得以重归正轨。

对于安娜和泰尔佐这两个早已离开小岛的孩子来说，生活的变化在于他们更频繁地给母亲打电话，每隔几个月就坐飞机去和弗朗西待一两天。而对于从未离开过的汤米来说，生活的变化的确更多一些——他成了一个失败的艺术家、一个临时工、一个捕捞小龙虾的水手。说实话，安娜偶尔会刻薄地认为，他简直一事无成。但汤米也因此能拿出更多时间来处理更多琐碎的事务——医生会诊、预约听觉专家、做饭、购物、开车送弗朗西去和老朋友喝下午茶。

一年过去了，然后一年又接着一年，在弗朗西接受脑积水手术三年之后，她被确诊患有一种缓慢发展的癌症，低度非霍奇金淋巴瘤。她开始接受一系列温和的化疗，令人吃惊的是，最终症状减退了。弗朗西，用她自己的话来说，是基督教世界最健壮的衰老死尸。

16

就这样，仿佛一切都不知不觉中回归了正常，仿佛明天总是和今天相差无几，这种缓慢累积的小毛病和慢慢恶化的健康状况也不大要紧，差不多过去了五年，在这几年里，安娜感到自己实现了许多盼望已久的事。

在她工作的建筑事务所里一位更年长的合伙人去世后，安娜忽然就接手了杜兰德宅邸的设计工作。最终呈现的建筑被誉为杰作——镰刀形的钢结构建筑，充满忧伤地悬在蓝山[①]的一座陡崖上，用作著名零售商菲利佩·杜兰德的度假寓所。它不仅引发了建筑圈的广泛热议，还获得了好几个国家级奖项，乃至后来的世界级设计大奖。但这件事对安娜而言，只不过是把童年记忆中的一片桉树叶做成了一栋楼宇。

很大程度上因为这次成功，她晋升为这家事务所的合伙人之一。她遇见了麦格，承建杜兰德宅邸的工程公司的项目经理。安娜在他们的办公室附近见过她，那是一个十分职业化、近乎毫无

①澳大利亚新南威尔士州一处著名的山脉，位于悉尼以西 104 公里处。

个性的女人，然后在一个周末，安娜在咖啡馆偶然撞见了她。麦格当时穿着瑜伽裤，深色头发在头顶盘成发髻，令她的颧骨和笑容都更显突出。她慵懒地坐着，一条腿叠在另一条腿下面，露出强健的小腿肚。坐到我旁边来吧，她说。

就是这样开始的。

17

有些天，当她们见面的时候，麦格的额头上还清楚地留着安全帽塑料内衬的压痕——她的安全发箍，麦格这么称呼它。麦格根本不在意这些。

我的日子分为有安妮[①]的日子、没有安妮的日子，只有见到安妮的日子才是真实的，麦格会在消息里这样写。其他的日子简直像是不存在。每次你离开，你都会回家找更年轻的女人。

当你不在这里的时候，我也无处存在，安娜会这样回复。但大部分时间她只是回复几个爱心形状的表情符号。

她感到，麦格就是她想要与之一起安然变老的那个人。安娜的儿子格斯二十二岁了，他正在成长，而用麦格的话说，他也越来越疏远，尽管他的大部分远行似乎只是在他自己的卧室遁入网络世界。那几年，安娜没花太多精力在格斯身上，同样很少想到母亲。当她想到母亲，想到的也并不是母亲本人，而是一个她自己更老迈时的形象，成功、独立、以自己的方式生活、遭遇逆境也能克服，安娜认为，她的儿子也一定会以类似的方式想起自己。

---

① 安娜的昵称。

所以，汤米的每一次来电都会让安娜恼怒，他描述着母亲最近的跌倒、危急情况、住院经历和近期琐碎的家庭事故——母亲把茶巾落在烤面包机上引发的一次小型火灾的残迹，在冰箱里发现的腐败食物，如此等等——这些事总是汤米处理的，而且他也总是提出自己会处理，但后来他却没有解决任何事，不然，为什么每次安娜接电话后，都要叫她的私人助理给自己订一张飞回家的机票？

她觉得汤米总是过度夸大弗朗西身上最新的问题，总是担心母亲不知怎么就来到了一个更加严峻的阶段，他相信这些事件掩藏着一种更加根本性的衰朽。她就是这么看的，即使在母亲身体很好、充满活力的时候也是如此——泰尔佐曾说，这个女人能在一次核弹袭击中幸存——不论汤米何时联系她，她都会责怪他太过慌乱。也许她对汤米过于严厉了。但真是这样吗？

18

所以，那天凌晨两点，当汤米打来电话，她就告诉他，母亲再过一二十年也依然健康，然后挂掉了电话，把手机调成静音模式，重新躺回床上，没过多久却收到汤米的语音信息，说弗朗西在医院上厕所的时候摔倒了。他在医院陪她，情况不太对劲，他们早上九点会做一个脑部扫描。医生请家属当天下午四点半过来碰面。泰尔佐会从布里斯班① 坐飞机赶来。

她看了看表。早上七点了。她不得不这么早就亲自调整一

① 澳大利亚昆士兰州首府，位于澳大利亚东部。

些工作会面的时间，亲自订一趟中午的飞机，这一切都够让她讨厌了，而更要命的是，因为森林火灾的烟雾已经覆盖了整个塔斯马尼亚南部，她的飞机延误了四个小时。她给汤米发了好几条信息，但汤米正如往常一样，根本没回复。她打开社交媒体随意翻看。一篇文章在讲针对焦虑的草药疗法。新的浴室风格潮流。一座快要没水可用的小城把所有的水都提供给了一家煤矿公司。一些朋友在旅行中发的照片。家用电器、衣服、鞋子、化妆品、阴谋论，一个农民发推特说袋鼠总是倒在他的前院死去，旱灾是一场慢动作的森林火灾，他写道。点赞，分享，更新，成为好友，订阅。如此多的噪音。汤米发信息说，一艘游船正在用喇叭演奏《爱之船》① 的主题曲，声音太大，吵得医院里没人能听清他们自己心里的想法。

19

三个孩子笨拙地挤在母亲狭小的单人病房里，每个人轮流坐在病床旁边的蓝色塑料椅上和弗朗西交谈，这时另外两个人就在床尾窃窃私语。轮到安娜时，她伸出右手握住母亲的手指，左手则蜷缩在墙边那张裂开了的塑料椅扶手上，以更好地藏起她刚发现不久的身体缺陷。弗朗西试图一边和椅子上的人交谈，一边捕捉两个站着的人在嘟囔些什么，这种尝试让她很快就精疲力竭，沉入睡梦中。

下午晚些时候来了两位医生，他们低声介绍了自己。在明亮

---

① 在 1977 年至 1987 年间播出的美国电视连续剧，讲述一艘游船上的故事。

的氖灯下，精神科医生兰姆先生静悄悄地召集一家人，让他们一起站到床边来。兰姆先生很高，扎着头巾，身上散发出的气息令安娜联想到一些专业人士，那是一种清淡的除臭剂气味。他告诉他们，弗朗西的确有一些脑积水，也已经用分流管控制住了，但现在大脑的左前侧有一点出血。兰姆先生用指节叩了叩他的头巾，然后微笑，仿佛在表示这不是什么需要担心的大事。我们的大脑，他说，就像所有的引擎一样，用久了就有点松动了。

几个家庭成员紧张地回以微笑。兰姆伸出一根手指在鼻翼轻敲了一下，仿佛他不知怎么就与人心照不宣地达成共谋，担保了一桩不太合法的生意。

在他们这一小圈人后面，安娜看到几只枕头支撑着母亲的身体，让她坐得近乎笔直。睡着的时候，她的喉结在瘦削的喉部上下移动，不停吞咽着唾液，就在他们几个做出将要决定她命运的选择时，她瞬间醒来，仿佛受到了惊吓——她的眼皮红肿，像是两道伤口，病弱的眼睛不自然地从中凸起，大得有些过头，她的眼睛充血、泛黄，虹膜灰暗。然后，她又同样迅速地重新入睡。

在八十六岁的年纪，兰姆先生继续说道，年迈而萎缩的大脑和头骨之间有了足够大的缝隙，这会导致轻微出血——正如他们的母亲所经历的——积累起来的血液不会让病人感到肿胀和痛苦，他们母亲的行为能力也不会受到真正需要引起注意的长远影响。虽然可能引发某些心理障碍，那也很可能是短期的，身体会慢慢吸收这些积血，就像一次严重的瘀伤痊愈时那样。他向家属解释，他认为，以弗朗西的年纪，发生脑出血之后不进行手术更为明智，就在这时，他被一个沙哑的嗓音打断了。

令人震惊的是，弗朗西躺在床上费力地说："幸运的是……"一家人错愕地转过脸去，看向他们生病的母亲，他们以为她睡着了。"自从我遇见你们的父亲以后，我还一直没体验过这么危险的大脑充血呢。"她说。

而且，最让人惊讶的是，她还朝他们狡黠地眨了眨眼。

20

他们几个窘迫地笑着，弗朗西也回以微笑。不过脑出血一定影响到了她对嘴部的控制。她只能抬起上唇一侧，露出几颗弯曲发黄的牙齿，因为牙龈萎缩，牙齿显得比正常状态更长，表情整体上就像一个正在轻蔑发笑的头骨。母亲唐突的言辞和欢快的姿态与这副可怕的外表如此格格不入，情境有些诡异。一瞬间，安娜觉得自己看见一具尸体在说话。但弗朗西刚刚已经表明，尽管身躯衰朽，她依然强劲地活着。

汤米上前一步，俯下身去用双臂搂住母亲，把她的脸抬向自己面前，不带有任何羞赧或尴尬的意味，而是用十足的温柔语气低语道，妈妈！哦，妈妈！他摇晃着那具衰老疲惫的肉体，仿佛那是他自身的新生。

虽然安娜觉得汤米这一心血来潮的举动不太像话，甚至有损母亲的体面，然而，不知为何，凭借弗朗西眨眼的表情和汤米的拥抱，他们几个人似乎在见证母亲的衰老和她身体的崩溃这件事上达成了一致，似乎之前的脑积水、后来的癌症和脑出血，以及母亲所有的伤痛，都在某种程度上变成了他们自己的疾病。

安娜感到的并非怜悯，而是一种强烈的反胃，近乎奇怪的恐惧。她可以面对死亡，也可以面对生命，但对于安娜——一个不断制订计划、确认时间表、遵从电子表格的女人，或简而言之，一个充满确定性的人——来说，母亲在生死之间不断转换的过程，是对事物自然流变的一种难以预料、令人恼怒的抗拒，不过是一个躁动、自私的灵魂的证据。

在内心深处，发现躺在病床上的并不是自己的母亲，而是一只挣扎着想要继续做人类的病重动物，对安娜来说是十分难以接受的事。没错，正是这样。一只动物，生病的动物。她必须远离它，以防它也把病传染给她。

在安娜意识的最幽深处，她琢磨着，或许如果这位恰好是她母亲的躺在病床上的女人已经死去，事情就更简单、也在总体上更容易一些。至少，在最好的情况下，她能自愿接受死去，而不是挤弄眼睛、坚持着存活下去。

接着，安娜震惊于这些最为隐秘的想法，她怀疑她是否缺少某些其他人认为是理所当然的东西，一些必要的人性、同情或共鸣。或许她自己出了些问题。或许她原本就是邪恶的。或许，这就是为什么她婚姻失败，儿子长成了现在的样子。她没法说清。她的头脑陷入一团混乱。她被自己吓到了。

那一刻，她母亲疲倦而骇人的目光与她交汇，她的思绪聚焦于那张和自己十分相似的脸——只是那张脸布满皱纹、衰老不堪。安娜一阵战栗，察觉到一种古怪的错觉：她以为汤米正抬起头来看她，他松开了弗朗西，离开了病床，却一把抓住自己的手腕，用力攥着它并悄声说，我知道！我知道！

安娜被一种无比强烈的愧疚感笼罩，因为你仿佛不可能在爱某个人的同时又希望她死去。她怎么会产生如此可怕的念头？而且恰恰出于这种愧疚，她可以预见，从今往后她必须用尽全力让母亲活着。她听见自己发出不由自主的呻吟。

我知道！我知道！汤米再次嘟囔道。

但汤米会知道什么呢？汤米是不是知道她希望母亲死去？汤米是不是知道这就是她此时一心想让母亲活下去的原因？他自己是不是也这样虚伪，和她一样？

她望着他，这些想法让她烦躁，汤米也让她烦躁，因为她感觉到了这一切，而且非常深刻地感觉到了这一切，但她无法说出口。她以后也不会说出口，她明白，她再也不能思考如此可怕的东西。她抬起手，把弟弟赶到一边。也许他只是个该死的白痴，安娜想。这是有可能的。一切都有可能。

21

突然间，她意识到自己的手指少了一根，于是一抬手就赶紧放下了。这时兰姆先生正说起，脑出血在某些方面有可能带来良性的结果。她的心脏问题、血压问题、便秘、抑郁还有体液潴留①都已经得到了重新校准，现在她每天要吃的药片已经从十四片缩减到九片。

九片，弗朗西躺在床上说。现在九片确实挺好的了。

兰姆先生笑了。他希望最终能缩减到六片。六是一个神奇的

———————————
① 多脏器衰竭、急性心肌梗死等病症可能产生的一种临床表现。

数字！他对大家说。每天吃太多药只会造成更多问题，问题不断叠加，副作用疯狂累积，他甚至还引用了这方面的科学研究和他自己的切身体验。

是不是啊，弗朗西斯[1]？他把脸转向病人，问道。但这位在困境刺激下获得短暂精神焕发的老妇人，此时只是从喉咙里发出一声类似呼哨的细微声响作为回答，没人注意到她很快就已经再次入睡。

家属们点了点头，家属们喃喃私语，家属们装作懂得了目前的一切和其他的所有，尽管他们后来在医院走廊里讨论起这件事时不得不承认，他们不能彻底或准确地理解医生的话，或者，就这件事而言，他们可以说是完全不明白。

22

三个人都筋疲力尽，说好了第二天早上在医院碰面。安娜终于能入住她预订的公寓了。刚一住进去，她就拥有了必要的独处空间，来仔细查看自己缺了一根手指这件荒唐事。

她把手抬起来，凑近了看，打量着手指原本应该存在的那个空隙，那个手指和手掌连接处已有点模糊的边缘，然后她扭动了一会儿余下的手指。必须承认的是，这件事没给她造成任何困扰。即使在和人握手时，她也感觉不到任何痛苦。虽然除了拇指，只有三根手指不像有四根手指的时候那样灵便，但这只手也够用了，更何况她从来不是个大惊小怪的人。

---

[1] 弗朗西的正式名称。

不过她确实有些担心这可能是什么癌症的迹象，因为在她这个年纪，每一块瘀青、每一次大喘气、每一次撞伤和肿块都被她解读为一种预兆、一种先声、一个症状，或一颗致命肿瘤最初的表征。但当她冷静一想，就觉得癌症应该是某种冗余、增生，而丢了根手指则是一种减少、消除——一种缺失。因此这不可能是癌症，尽管它到底是什么或意味着什么还很扑朔迷离。

安娜戴上了眼镜。她在谷歌上搜索"消失的手指"。没有结果。什么也没有？她打开所有的灯。她把手放到最明亮的灯光下，把手指对着窗户，放到床头灯下，把手指拉到面前又伸到远处，仿佛最终会发现，这根手指的消失不过是自己那不中用的衰老双眼聚焦失败造成的。

她摘下眼镜，再一次把这恼人的手放到眼前几厘米的地方。她以各种方式转动它。她从各个角度打量它、抚摸它、嗅闻它，最终舔了一下这块形状不规则的奇特残体，它既不完全存在，又并非完全不存在。这块残体很软，尝起来什么味道也没有。她用舌头轻轻挠了一下，但当她尝试这么做时，舌头的触感和她用舌头舔大拇指、手掌和手腕时的感觉并无区别。

确实，这只新的手感觉正常，和原来的那只手没什么区别。她无法说清自己为什么会觉得它如此诡异，安娜想。这毕竟是她自己的手。只是，不知为何，当她用一种无法描述的方式看着它的时候，它就不再是她自己的手了。

第二章

1

尚未查收的信息来自汤米,发送时间是早上四点零七分——

午夜的时候妈又发生了第二次"脑溢谐"①比第一次糟糕多了看起来非常严重。抱歉打扰。

安娜看了看时间。六点多钟。在医院,安娜看见弗朗西躺在重症监护病房里,意识模糊,几乎难以辨认,呼吸管蜿蜒进她的嘴巴,弗朗西仿佛一夜之间老了十岁。

在两个小时沉默的恐慌过后,安娜看见一位年轻的住院医生走了过来,稍稍松了口气。住院医生只待了一小会儿,嘟囔着缺氧、神经系统问题,说她会立刻给兰姆先生打电话。过了一小时,她和兰姆先生一起回来了。他把手放到弗朗西的额头上,这动作似乎并非为了诊断,而更多是出于同情,或只是为了让自己有片刻思索的时间。

他低头站着,沉浸在自己的思绪里。前一天的乐观情绪已经离他而去。

---

① 原文为"harmony(和谐)",汤米忙乱之下将"haemorrhage(体内大出血)"错拼为该词。

2

终于，他把手拿开，抬起眼睛。他带着一种巨大的倦怠感开始说话。他告诉他们，他可以给弗朗西动手术。他可以在她颅骨上开一个孔，把血抽出来，给大脑减压。但预后①可能会很不理想。

很不？汤米问道。

风险无法忽略不计，兰姆先生说。在他们母亲的这个岁数，这些风险很可能是难以克服的。

泰尔佐紧接着问他，这么说是什么意思。

兰姆先生解释说，意思是，她的大脑有可能会受到严重影响。

一段长时间的沉默，其间兰姆先生的脸颊抽动了一下。

意思是，他说，她有可能会死。在手术中。意思是如果她能活下来，她也有可能说不了话，或者更糟的是，她的大脑会萎缩成接近植物人的状态。他们的母亲真的想那样吗？他说，他们其实还有一个选择。他说，一个亲人最后的日子也可能是一个家族的美好时光。他说，他见过太多次这种情况。他说他继续说他问道她有没有留下生前遗嘱？

没人回答。

兰姆先生问，他们是否知道母亲的意愿。

他们不知道。泰尔佐和安娜转向汤米。毕竟，汤米经常和弗朗西交谈。他甚至表示他喜欢和她讲话。

汤米的回答也没帮上什么忙。

---

① 医学术语，通常指对疾病未来可能发展出的病程或后果的预测，是医疗诊断的一部分。

当她生病的时候，汤米说，她会说让我死吧。但当她身体恢——恢复的时候，她会说，修修补补，让我继续活着吧。

兰姆先生继续说……胃造瘘①……多器官功能衰竭……尊重……尊严……他说着说着说着忽然停下了。

他撇撇嘴笑了。

他说他可以让他们自己来做决定，然后点点头，退出了病房。

3

三个孩子站在离弗朗西病床不远的地方，一言不发。从没有人告诉过他们，他们最后不得不做出选择，而不是直接交给死亡来决定。

尊严，泰尔佐终于小声对自己说道，这就是弗朗西想要的。

汤米似乎在嘟囔着表示赞同，但他没法把话说完。仿佛不确定"尊严"一词是什么意思。

泰尔佐这个对大部分事情都很有把握的人表示，真正的问题是选择轻视还是尊重：母亲应该悲惨地死去，还是安详地死去？医生们的意见似乎是：第一，弗朗西已经准备好离世了；第二，如果采取医学干预手段，只会延续她慢慢死去的痛楚。

然而，安娜一边听着大家的讨论，一边感到他们自己还没有准备好。他们在各个层面上都还没准备好。他们还是母亲的孩子。为什么母亲不能为他们决定呢？安娜还没想好。

---

① 一种多用于食道及胃肠道肿瘤患者等无法自主进食或消化的病人的治疗术，通过经腹部放入胃腔的管道输入营养液，以维持病人生命所需的能量。

当泰尔佐继续谈论尊重时，她什么也没说，等待着离开的时机。

兰姆先生回来了，泰尔佐立即告诉他，一家人觉得已经没有必要继续手术，这时她看见汤米走到窗前俯下身去，低声对母亲诉说他有多么爱她，然后轻轻地在弗朗西前额吻了一下。她的左臂从床上抬起来，举到比脸稍高一点的地方，好像要做出拥抱儿子的姿势。汤米亲吻她时，这只手在半空中踌躇，皮肤从骨头上松垂下来，因为轻微的颤抖和强烈的情感而摆动。

4

他们去吃午饭了，不知道还能做些什么。这家餐厅由一家人中的美食家泰尔佐挑选，有着和巴库①或柏林最好的餐馆一样的长桌，和西雅图或圣地亚哥的餐馆一样蓄着胡须的服务员，一样的关于他们的餐馆如何与众不同的陈词滥调——他们的哲学就是共餐，他们以前吃过这种共餐吗？——和其他地方一样的不太协调的食材，点缀着一些可以吃也可以发 Instagram 的闪亮装饰，他们夸夸其谈地介绍说，一切食物都来自原产地，品质有保证，无论是七十年代的釉陶还是牛皮菜。在另一个年代，这样的菜品可能成为达达主义②的笑料。是烟熏海带配冰激凌吗，泰尔佐问，还是什么烟熏冰激凌配海带？

---

① 阿塞拜疆共和国首都。
② 1916 年至 1923 年间出现的一种无政府主义艺术流派，试图通过反传统、反文化、反美学的艺术形式诠释艺术与现实。

安娜和泰尔佐被一种未曾说出的愧疚之情联系起来：这些年来，他们没有待在母亲身边，这种愧疚此时变成了一种几乎难以承受的负担，因为他们知道她快要死了。安娜和泰尔佐都拥有人们口中所说的优越条件：一点点钱，一点点权力。根据真正的富人标准，他们算不上什么；按照真正有权势之人的标准，他们也微不足道，甚至有点可笑。然而真正重要的还是金钱和权力。他们已经习惯了操控外界，而不是让外界来摆布他们。

但是，如果他们拥有的东西不能帮助母亲，它们又有什么用？

这份重担落在了他们最年长的兄弟汤米身上。但他们不觉得汤米和自己完全一样，因为汤米没有钱，没有权力，更奇怪的是，他好像对二者都没有兴趣，于是，以某些难以解释的方式，汤米让他的姐姐和弟弟觉得丢脸。

然而，他，更卑微的那个人，充满缺陷的人，为他们的母亲做了他们俩没做到的一切事情。

这个事实冒犯了他们对自己的权力和财富的感受。也许正是这种冒犯，这种未曾言明的愤怒，解释了为什么当汤米赞同泰尔佐，即考虑到各种情况，也许最好就让弗朗西这么死去，尽管这么做很糟的时候，一切都发生了变化。

5

泰尔佐的叉子停在半空，某种结构复杂、工艺感很强、带有缀饰的东西巧妙地平衡在叉子上。他的手指修长、白皙而骨感。它们很稚拙，像是有袋类动物的爪子，只是凸出的指关节非常显眼，令它们看上去像是萎缩的竹风铃落在叉子上。

不可能！他说。他绝不。可能。说。这种。话。

泰尔佐和安娜精明地投资，并认为自己的身体应成为其中最宝贵的一笔，他们最大限度地把自己的钱用于不断地锻炼、保持体形、保养和提升身体机能，以此抵抗时间和疾病，延缓自己的衰老，推迟自己的死亡，以至于当汤米概述他们之前达成的关于母亲的共识时，他们俩却感到了冒犯。

泰尔佐放下叉子，他的石头盘子发出一声沉闷的响声。

他先前说过，泰尔佐表示，我们必须努力采取人道的措施。

在安娜听来，这么说似乎听起来高尚而正确——仿佛这就是不可抗拒的真理。汤米怎么能不这么想呢？

泰尔佐说汤米把这个决定说得像是判死刑似的。仿佛在说他们根本无法控制这类事情。

那么，也就是说他们有可能真的无法控制——安娜后来有时会想，这是否才是真正的侮辱？泰尔佐不知不觉中吃光了所有的甜菜鹰嘴豆。之前，安娜和泰尔佐一样，认为实施手术是毫无意义的残酷做法，但这时她意识到，他们必须争取重新获得控制权。

如果那意味着实施手术，泰尔佐边用修剪过的大拇指指甲戳牙齿边说，那么我们就必须选择做手术。

然而，汤米无法理解为何家庭阵线忽然发生了一百八十度的转弯。他说，如果同意手术，加上手术有可能造成的恐慌，他们或许并不是在延长弗朗西的生命，而是把她濒死的过程变为活生生的地狱。也许，更糟的是，她最后几周的珍贵时光可能会被手术台上的死亡替代。

我的上帝！后来安娜给麦格打电话说。他到底是多迟钝？——他一方面认为弗朗西继续活着不好，一方面又说弗朗西死了不好！他不可能同时避免这两种情况。

另外，这不是活多久的问题，安娜向汤米指出，而是他们作为一家人应该聚集起所有的资源来对抗弗朗西的死亡。

泰尔佐同意。他的母亲不能孤单地死去。

他的母亲？汤米说。

泰尔佐开始引用名言。你怎么活着就怎么死去，独自一人，他说。契诃夫。像狗一样死去，孤单地。卡夫卡。

所以你这是在做什么，汤米问，他妈的 TED 演讲①？泰尔佐什么时候也开始看书了？背诵名言也是工商管理硕士学位要求的一部分了吗？泰尔佐并不知道这些作家写了什么。他根本不了解这些人。不。汤米不认同。他不觉得弗朗西会独自一人走向毁灭。他会陪着她。这一点他很清楚。他会陪伴她，她不会孤单一人。泰尔佐害怕的究竟是什么呢？死亡？还是孤单？汤米知道，他自己的人生或许是失败的。没错。然而：他毕竟活着。没错。没……没错。他并非孤单一人，弗朗西也不会孤单一人。

汤米，问题是，安娜说道。她试图忽略汤米的意见，想要压制他，让对话回到她和泰尔佐希望的方向。他们俩认识不少人。哪怕他们不直接认识他们需要的人，也认识那些能找到这些人的人。

泰尔佐说，重要的是，唯一重要的是，要为保住生命而努力。

---

① 由美国非营利机构 TED 大会创办的系列演讲。这一活动召集众多科学、设计、文艺等领域的杰出人物，分享关于技术、社会与人文的思考。

这个场面仿佛是在进行摔跤比赛车轮战。但只有汤米没找到人组队。他很快就安静下来，陷入沉寂。这些对话在安娜看来都事关尊严——尊严以及尊严的扭曲，尊严以及让尊严免于被危险的家庭亲情玷污的必要性。按照这样的标准来看，汤米正是那个散播污染的人，那种让大多数中产阶级陷于尴尬的人：一个阶层较低的亲戚。尽管汤米从没伤害过安娜，她却能伤害他，而她讨厌的正是汤米向双方挑明了这一事实。

近些年来，在姐姐和弟弟面前，汤米倾向于保持沉默，他年轻时滔滔不绝的愤怒言辞、急速涌动的狂浪思绪现在都很少能听到了，即使出现，也很容易被熄灭。

让弗朗西活下去吧，安娜补充说。

但汤米早就把头垂了下去。他一言不发。

距离他们确信母亲会死这件事只有几个小时，一家人却不知怎样地突然做出决议，不管怎样，弗朗西都必须活下去。

6

泰尔佐早上告诉医生一个决定，下午却告诉了他另一个决定。一家人经过方方面面的考虑，最终认为，如果手术是他们的母亲活下去的唯一希望，无论这希望多么微茫，她也一定要接受手术。

兰姆先生举起双手放到面前，用一根手指敲了敲自己的鼻子一侧。他说，如果这是他们的愿望，那就不能再等了：他们的母亲应该立刻上手术台。

膏脂般浓稠的时间缓缓流淌。兰姆先生终于从手术室出来了。

他们的母亲还活着。

第二天，她依然活着，第三天也是。渐渐地，这个事实变得非常明显：几乎可以算得上是奇迹的情况正在发生——弗朗西在慢慢康复，也没有出现并发症。四天后，呼吸管用不上了。一周后，他们的母亲尽管虚弱、容易疲倦，却开始说话了。她的面瘫还在，但不那么明显了。兰姆先生很高兴。所有人都为此感到吃惊。

两周后，她似乎已经找回了过去的那个自己，在某些方面还变得更好了——她的脸恢复了，精神格外高涨。医生们都表示十分惊喜，他们只能纷纷赞许：泰尔佐后来坚持让弗朗西活下去的决心，终于没有落空。

7

泰尔佐开始提议，弗朗西应该出院回家。这件事，用泰尔佐的话来说，只需要每个人都出一份力。

他说的一份力，安娜明白，实际上是说金钱，因为尽管每个孩子都用自己的方式爱着弗朗西，但与此同时，她和泰尔佐也是忙碌的成功人士，他们忙碌的成功生活无法允许他们用耗费时间的方式来展示自己对母亲的爱。为了让弗朗西继续活下去，以便让安娜和泰尔佐也能继续他们的生活，正如此时泰尔佐描绘的那样，他们将不断为她购买更多的寿命，穷尽他们能担负得起的专业服务和资源，使用他们所有的影响力和人脉，从而保证母亲得到最好的照顾。

这样一来，他们会建立一种新的平衡，一种仿佛能让生活继续下去的、可以容忍的生活模式，一种让他们每个人都能重返过去人生的新生活。

另一方面，为母亲花费了许多时间的汤米，却既没有钱也没有影响力来完成泰尔佐说的那种"出力"，他停止了结结巴巴的嘟囔，沉默下来。

就是那样。

8

安娜回到悉尼的第一天，就像其他任何一天一样，只不过她少了根手指。但由于手指的缺失没有造成疼痛，也没造成什么大麻烦，她就把这事忽略了。再说，当母亲病重、格斯需要关照，而她自己的工作也前所未有地让人郁闷的时候，关心这根手指，呃，在安娜看来就有些过分了。这样太任性了，甚至很自私。

尽管她不想让人注意到这事，但让她气恼的是，的确没有一个人注意到。整个周四过去了，同事里也没人说什么。周五也一样。到了下一周的周二晚上，格斯拒绝离开卧室，去吃她特意为他做的他最爱吃的印度鸡肉米饭，她感到很是窝火；又到了周四，依然没人提一个字，她更感到愤懑；格斯又一次拒绝和她一起吃晚饭，却在晚些时候点了个外卖比萨，这令她怒不可遏。

第二天晚上，安娜已经如此恼怒，当她下班后和麦格一起小酌，她几乎立即咆哮着说出被嫌弃的鸡肉米饭的事，然后把手甩到麦格面前问她到底怎么看。

麦格把一条腿叠在另一条腿上说，格斯已经二十五岁了，看上去除了他的母亲，他没有任何收入来源，也许他应该搬出去住，并找个工作。

我要说的根本不是格斯，安娜说，是这个！她愤怒地挥了挥手：是我的手，麦格！我这只他妈的手！

9

因为爱面子而不在社交场合戴眼镜的麦格伸直了双腿，挺身坐起来，把头伸到离安娜很近的地方，以至于安娜几乎闻得到她洗发水的味道。麦格仔细凝视了许久，最终问安娜那是什么戒指。

当安娜让麦格数数自己的手指，真相终于勉强揭晓了。麦格告诉安娜，她从来不知道安娜的手掌竟然只有四根手指。安娜解释道，她不是生来就只有四根手指，这件事是最近发生的，她以前包括大拇指在内一直都有五根手指，就和麦格一样，就像全世界的人一样。然后——好吧，真的很难解释。

但后来，有根手指没了？麦格问。

对，她发现了，她终于发现了。问题是，她现在只有四根手指而且她不知道那一根缺失的手指发生了什么，这才是最糟糕的，而不是丢了一根手指这件事本身，她坦陈，这并没有你想象的那么悲惨。不，最可怕的是它消失这件事有多么古怪——没有意外也没有痛苦，它就消失了，她也根本不记得它是怎么消失的——这才是灾难。某个一直那么存在着的东西，突然就不复存在了。她的手指就在你认为手指应该待着的地方，你多多少少会指望，它们终生都在那里，可是然后，呃，当她一眼望去，安娜说，呃……

然后呢？麦格问。

呃，它不在那里了。

10

麦格点了两杯双份马提尼酒。她说，她有个叔叔，只是用目光盯住疣子就能治愈它。你解释一下。

安娜回答说她无法解释。麦格沉默了。安娜看了看自己的手机：一连串属于或不属于她自己生活的面孔组成的瀑布，朋友、同事、名人和她的一位前男友——他比安娜大六岁，现在和一个三十多岁的女人在一起，还有一个刚出生的宝宝。瀑布倾泻下来，如此多无意义的水滴在变暗之前，在他们再一次结婚、单身或恋爱之前短暂地亮起，永远都志得意满，而格陵兰岛表面的冰原已经消融了一半，法国经历了有记录以来最热的一天，小小的澳大利亚有袋目鼠类成为因气候变化而灭绝的第一个物种，最后一只苏门答腊犀牛已经死去。

安娜听见麦格用既害怕又气恼的声调问道，这件见鬼的事情到底是怎么发生的。低头看手机的安娜抬起头来，告诉麦格全部实情：这件事根本没发生过。她的手指一直都好好地待在那里，直到她在阿盖尔街的停车场发现它不在那里了。

麦格怀疑，是不是安娜母亲的病情弄坏了安娜的脑子。也许她真的不记得发生了什么。但一定发生了什么事。

麦格看她的眼神就好像她是个幽灵，或已经疯了，抑或二者兼有，安娜心想，总之那不是看好朋友的眼神。麦格说安娜一定要去看医生。她需要帮助。

安娜回答说，寻求帮助也没用，该愈合的都愈合了，而且实际上，她的手上也从来没有过什么伤口，尽管这听起来很奇怪，但她的确没有感到一点疼痛，也没有流血或者其他什么毛病，没有任何医学上的问题，所以医生除了把她关起来之外，什么也做不了。而且她不打算接受这种帮助。现在还没到时候。不管怎么说，她已经几乎准备好接受自己的一只手上只有四根手指的事实。况且，她还能做些什么呢？慢慢老去就是不断失去的过程：听力、牙齿、视力、感觉，而她猜想，现在还应该包括身体器官。

也许这没那么古怪。

麦格说，安娜还不算老，她才五十九岁，五十九岁根本算不上老。是五十六岁，安娜不耐烦地纠正了她的朋友。五十六岁更不算老了，麦格说。你肯定还没老到居然会觉得这种悄然发生的麻风病也算正常的程度。

她问麦格，这会不会是一种怪异的更年期症状？她本以为她的更年期已经结束了，但也许，就像，你知道的，某种迟来的荷尔蒙之类的？

两周前刚刚满四十三岁的麦格说，也许吧，她也不知道，这种事对每个女人的影响不同，但她还从没听说有人因为更年期而失去一小块身体。我的意思是，麦格继续说道，那听起来就太不真实了。她问安娜，她觉不觉得这或许是失智的早期症状？

安娜让麦格赶紧闭嘴。

你才闭嘴，麦格回复。她举起一只手，把中间的几根手指折进手掌，假装朝不远不近的某个人招手。我们要五瓶啤酒！她的外祖父曾是木材卡车司机，麦格说。他管这个叫锯木厂工人的嘶喊。她又举起两根手指在空中挥了挥，改口要六瓶啤酒。

安娜告诉麦格，这不好玩。麦格问她的手疼不疼，安娜说不疼，麦格说那就没事。

有事！安娜听见自己忽然大叫道，我的一根手指没了！

11

麦格低头看了看她的朋友那少了根手指的手。安娜也低头看。她们看了又看，但弄不清在自己的人生里，那些她们没看见的到底是什么东西。

12

在一段时间里，安娜把手放在大腿上，放在桌子下面，放进衣服口袋，或者只是把手蜷缩起来，让人不容易看到手指空缺的地方，以此躲过他人的目光。但只是一段时间。后来，她一次又一次地忘了这件事，可还是没人说一句话。他们难道真的什么也没看到？还是说他们已经看见了，却觉得这和蹼状脚趾、过长的下巴、断裂的鼻子一样没什么大不了的？

不管怎么说，因为工作的压力，也因为她越发频繁地去塔斯马尼亚看望母亲，安娜常常把自己手指的事抛到脑后。霍巴特医院的走廊渐渐变得和她居住的街道一样熟悉——她沿着这些氖灯照亮的隧道一路穿越消毒剂和死亡的昏沉气味，经过那些带有磨损的釉面金属环和悬挂着炽橘色塑料袋的清洁推车，经过鲨鱼般张着大嘴的利器盒①、洗手台、沉默的担架和喧闹的护士站，周围是一片混乱的各色标志牌，它们只是向安娜标示出她自己不断累积的困惑。

和这些景象一样熟悉的是每次安娜抵达病房询问母亲感觉如何时，弗朗西必不可少的问候。她几乎总是坐着，在睡袍外面穿着一件安娜给她买的红色羊毛开衫，那是一种洋红色，让母亲的脸显得更加衰老苍白，但某种程度上也有些……喜气洋洋。弗朗西会慢慢抬头看，不论身体状况如何，只要她意识到是谁来了，就会咧嘴笑起来，并高兴地大叫道：见到你感觉真好，姑娘！现在——坐下来，跟我说说你的故事吧。

13

每次安娜去探视，弗朗西一开始都很高兴，也从未流露出病态；她从不谈自己，而是一直谈论其他人。因为其他人的痛苦和欢乐也是弗朗西的痛苦和欢乐，与他们相比，她自己的事情无足轻重。也许，就像泰尔佐所说的，这就是她看待世界的方式。但她只要这样看待世界，世界就会对她呈现出这个样子。

汤米指出，唯一会让母亲为自己的命运感到惊骇的，是她的命运所包含的孤独。她认为自己只是凭借他人而存在，不论是

---

① 一种一次性医用收纳盒，用来收集注射器、小型玻璃制品、刀片、缝合针等锐器。

护士还是病人——他们构成了她日常生活的经纬线，抑或是凭借她朋友和孩子们的生活。即使在她的幻觉和噩梦中，即使当她熟睡，梦见平板马车上呼唤着她的故人们，她也从不是孤单一人。

难道这就是过去和当下真正的差异吗？安娜有时会想。她母亲成长的年代，那个物质贫乏而精神富有的世界，还有她作为弗朗西的女儿，现今生活着的这个世界：她的母亲从不是孤单的，安娜却常常感到自己居住在一个完美的孤独地狱中。

弗朗西在这样一个世界里长大，那个世界里的自我——自我的问题、需求、欲望和虚荣——对于她这样低阶层的人来说，从未得到优先考虑或表达的特权。这一切都被否定，被视为怪癖、放纵，某种外来的、滑稽的、不可救药的事物。或许是美国做派。很可能是。

作为一个女人，作为穷人的女儿，弗朗西学会了通过他人来生存——丈夫、孩子、朋友、亲戚、熟人。为了这种别无选择的无私，她的母亲付出了巨大的代价，牺牲了她的职业生涯、公共生活和私人生活，无处施展她全部的潜能——但与之对等的是，无可否认，安娜想，现在，弗朗西总是活在充满他人的世界里，她也得到了报偿：她生活中唯一的陌生人就是孤独本身。

14

和生病的母亲一起坐在那间无人知晓的医院病房，安娜有时感到自己是如此嫉妒弗朗西，但也为她高兴，为她惊奇。因为她付出了代价，而且也并不孤独。

第三章

1

然而很快，似乎能被母亲以隐忍、淡然、幽默和勇气承受的一切，都不再能被承受了。

按照原计划，弗朗西将被转到收容机构，那里提供的康复治疗会帮助她回归医院外的生活，但这个计划一直在推迟。难题开始出现，并层出不穷——呼吸不畅、胸痛、感染、肺炎、心脏问题，以及似乎永远也不会停止的跌倒与摔伤。

之前，弗朗西总是会讲起医生们告诉她的那些好消息和鼓励她的话，即使细究起来，这些话似乎也没那么好，或那么鼓舞人心。但现在，当孩子们问起医生的检查结果时，她只会点点头，如果他们问得很仔细，她也只是说：还是老样子。接着是更多孩子们的催促和疑问。

很快，她的身上不只出现了一个问题，甚至也不是许多问题，而是另外什么东西，某种算不上危机但也不能说不是危机的东西——让人沮丧的，不断积累、爆发的并发症，以及并发症引起的并发症；副作用，还有副作用引起的副作用。而且这一切似乎都没有尽头。

2

尽管他们施与了弗朗西许多帮助，三个孩子依然感到他们的母亲日益衰颓——跌倒、感冒、肠胃不适、皮肤剥落、褥疮溃烂——这些小毛病慢慢累积，最终开始产生某种影响。

现在，他们很少会听到弗朗西喜气洋洋的欢迎问候。越来越经常发生的是，在一次漫长旅途后，安娜推迟了重要的工作，重新安排了会议，仓促甚至潦草地完成了工作，意识到自己失去了一些宝贵的时间并为此懊悔。她千里迢迢地赶来见弗朗西，但弗朗西甚至不一定能注意到她的存在。

有些时候，弗朗西顶多能把手放在安娜手背上，她不说话，点头的样子仿佛在表示她的脖子已经无力支撑脑袋，随后她的脑袋又重新陷进枕头。每次到访，弗朗西的脸都在变化。随着血肉从她的脸上流失，那张脸变得愈加枯槁、布满皱纹，也愈加不同寻常。安娜感觉自己像是初次见到母亲，见到那张凶狠的脸，上面是尖尖的鼻子和强有力的下巴，仿佛她颓败的过程是一场挖掘，每天都能开采出一些她的女儿未曾知晓的真相。

病床前总有鲜花。有时候太多了，小床头柜放不下，这些花就靠墙摆在了地上，犹如摆在圣殿一般。

他们让她觉得自己像是澳新军团纪念日[①]纪念碑，弗朗西在安娜的某次探视中说，那时她还能开口说话。只不过，弗朗西补充说，她宁可选择遗忘。

---

① 为纪念 1915 年 4 月 25 日在加里波利之战中牺牲的澳大利亚与新西兰联合军团的将士，澳大利亚与新西兰两国将 4 月 25 日这一天定为澳新军团纪念日。

3

然而，弗朗西仍然会在安娜到来时，把自己所拥有的任何一点东西送给女儿，仿佛病床就是她的家。弗朗西细瘦的、皱巴巴的手指颤抖着穿过整个床面，手里握着一块饼干，或汤米几天前带来的葡萄，整个动作就像吊车在建筑工地上移动一块倾斜的水泥板那样缓慢而小心翼翼。她会提醒女儿挪挪椅子，好坐在太阳能照射到的地方。

天气真好，弗朗西说。我们能一起晒太阳。

这的确是弗朗西能留下的一切了，安娜想。她床边的一小块光线。即使如此，她也欣然将其赠予他人。

以前，当安娜到弗朗西家里看她的时候——她很少去看望母亲——总会有新鲜的蛋糕、饼干和面包迎接着她，而安娜总是什么都不想吃，并粗鲁地拒绝，她并没有意识到这是母亲专门为她准备的，是为表示对客人的欢迎而准备的最基本的礼物。她的母亲是最热情的主人。也是最心怀感激的主人。

尽管家里的厨房和厨房里那个总是不准时的电子钟此时不在这里，但在弗朗西狭小的病床上，却仍然存在着和先前一样的博大的精神，和先前一样的对时间流逝的抵抗。安娜会坐在那有灰尘浮动的光照下，吃掉干瘪的饼干或已经萎缩的葡萄，她根本不想吃，但这是她为未能妥善回应母亲的爱而赎罪的方式。

然而，每当坐在母亲旁边的光线里，她都会感到自己的这份愧疚的沉重一点点转化为那古怪的、最和煦的轻盈，一种出乎意料的恩典之感在她心中油然而生。

4

一次探视时，安娜发现母亲表情忧愁。弗朗西尴尬地解释说，她的排泄物把自己弄脏了，但她又不想麻烦护士。

安娜叫人来帮忙，她和一个护士一起给弗朗西翻了个身。气味很难闻，因为混合了营养品、药物和输液液体而更加刺鼻。护士熟练地换好了床单，然后开始为弗朗西清洁身体。母亲有几次在护士碰她或做某些动作时露出怪相，但没有抱怨一个字，因为那样就太侮辱人了。

安娜握住母亲的手，那只手就像一个僵硬的、凹凸不平的物件，已经扭曲变形。母亲的手摸起来像蜡，冷冰冰的，衰老的皮肤如同某种古老的涂了油的皮革。弗朗西没什么力气，但她把安娜的手攥得发紧！她的骨头和皮肤都在抓紧安娜，仿佛是一种祝福，或是在传达某种信息，抑或二者皆有，还包含着许多其他含义。

5

握着母亲的手，安娜想起，自己还是个孩子的时候，母亲有一小瓶面霜，叫玉兰油①。乳霜是麝香色，总是让安娜想起穿旧了的长筒袜。玉兰油是母亲唯一能够拥有的奢侈品。安娜不记得她有任何香水和化妆品。尽管母亲很喜欢这些她没有的东西。

安娜在手提包里找到了一点乳霜，用她完好无损的那只手把

---

① 原文为"Oil of Ulan"，该品牌后来更名为"Olay"，即著名护肤品牌"玉兰油"。

乳霜慢慢涂抹到弗朗西的手指上，这种香气会盖住那种持续不散的粪便和氨的臭味。她缓慢而轻柔地涂抹母亲的每一根手指，惊讶于那皮革般粗糙的皮肤、缺乏灵活性的手指和那些关节炎造成的肿块。

这么丑的手，弗朗西说。简直会把人吓得半死！

安娜的大拇指轻轻划过母亲的手背，弗朗西便不再说话，仿佛那是一个信号，表示她的女儿负责按摩，而她只需要休息，二人都明白她们正拥有这种东西，不管它是什么，不管它意味着什么，过去总是不和、一直分离两地的母女现在发觉，她们回到了融为一体的状态，不论这种状态多么短暂。

安娜以前总是很害怕去医院，她讨厌浪费时间，也讨厌因此给别人造成的麻烦和困难，但是现在，只要来到医院，坐在母亲身旁，她就感到一种莫大的轻松。她会端详母亲上下运动的喉头、结痂的皮肤、起伏的胸膛、松弛的嘴巴，还有颤抖着的皲裂的双唇。

活着本身需要付出的巨大努力。

安娜曾经与泰尔佐站在一起，不想让弗朗西就这样死去，这样在很大程度上，她便可以延续摆脱弗朗西的生活。然而，她现在却发现了这个古怪的情形：她竟然更频繁地探望母亲。先是每隔八到十周来一次，不知从何时起变成了每隔六周，然后不知不觉间又变成了每个月一次，很快，她每隔一周来一次，直到安娜生活中最宝贵的时刻变成坐在病房里的母亲身边。

当她开始服从于某种自身之外的事物，她却出乎意料而又奇异地感到自在。她生活中的一切都令她感觉十分混乱，除了她来到弗朗西床边的时候，一种难言的寂静，不带有任何复杂与困顿，忽然笼罩她的内心。她们获得了这样相处的能力，至少，在她看来是的。

我已经这么老了，安妮，弗朗西最终说道。这么老，这么丑。她笑了笑。好吧，至少我有了一个变丑的借口。

6

安娜用大拇指来回摩挲着弗朗西手上的皱纹，夏天就这样变成秋天，塔斯马尼亚的大火熄灭，冬天到来又过去，春天降临，她越来越少地想到自己那根缺失的手指，为此烦恼真的很愚蠢，而弗朗西已经摆脱了交谈的义务，她知道自己已经没有了交谈的能力，或许她们两人都是这样，弗朗西望着天花板，她费力的呼吸是室内唯一的响声，而安娜正轻轻地推挤又抚平母亲那松弛、长满斑点的皮肤上柔软的隆起。

7

当弗朗西还有力气讲话的时候，她还是很健谈的，安娜会仔细聆听母亲讲述自己看见过的古怪景象：对面病房的男人会偷偷把雪貂藏在睡裤里；窗外的一个洞穴里住着美国中央情报局的特工，他们的脸上空无一物，鼻子、耳朵、嘴巴都脱落了，仅剩面孔中央的一只眼睛，目光警惕而哀伤。

古怪的是，母亲并不为这些幻象而害怕。就算她做别的事都很吃力，她还是会对安娜说起，在她的窗外，遍布火灾和沙暴的山地平原上，到了晚上，女人们在一个地方排着队等待堕胎，又在另一个地方等待享乐狂欢，而试图逃离的人们变成了植物，在火焰中消亡，而她在那里和女巫与君士坦丁①聊天来打发时间。

她审视着身体和灵魂的疯狂，像一位自然史学家那样，在其中找到了某种有点荒诞又常常令人着迷的东西。

哦，安妮，那些只要你仔细看就会看见的东西，真让人吃惊啊，她会这么说。

她目睹了怪诞的性爱和医疗手术，目睹了狂喜、无聊、痛苦、冷漠和热情、逃亡和烈火，她遍览无数事物，却并不感到加以评判的必要。如果说她产生了任何情绪反应，那就一定是感到好笑。

这一切都和她所接受的天主教家庭的严苛教育格格不入。她在生活中多次重复的那些陈旧教条已经消失——她终于可以按照她实际上看到的世界的样子来谈论这个世界了。她时而是强悍的女人，时而是无情的母亲，时而又是敬畏神父、了解尘世罪行的报酬将是地狱的忏悔者：她的这些自我认知全都瓦解了，随之消散的是这间病房的幻象，连同她衰病躯体的牢狱。

于是显露出来的是什么呢？

安娜望着病床上衰颓、脆弱的老妇人想道，也许那是在她看来弗朗西显露得太迟的真实本性：坦率、温柔和慈爱。难道母亲火爆的脾气和强悍的性格都只是为了掩藏心中巨大的失落和隐忍

———————————
① 即君士坦丁大帝（Constantine the Great，272—337），第一位皈依基督教的罗马帝国皇帝，临终前受洗成为基督徒。

的痛苦？难道这就是她为剧烈而无言的折磨所偿付的代价？

对弗朗西而言，她是以一种带有感激的惊奇来观看她每天从窗口遁入的那个世界的。就像做梦一般，她不愿就此终结。因为，假如这幻象消失，那么她就会清醒过来，发现那日夜包围着她的尘埃与火焰不仅会最终吞噬她自己，也会吞噬那仿佛是她每天相见的挚友一般让她挂在嘴边的事物。

这真是无上的荣幸，她告诉女儿，还有什么地方能让你与女巫和君士坦丁聊天呢？

8

当弗朗西的错觉不断滋长，她对这些画面的描述也愈发清晰而坚定，这让安娜觉得自己才是那个摸不着头脑的人，觉得或许真实世界是比她母亲的狂野想象更为荒唐的幻象。有时安娜感到，和母亲交谈的唯一办法就是对弗朗西的幻想当真几分。只要几分就好。

弗朗西的幻觉从未让安娜震惊，但当她从洗衣袋里取出衣服的时候，母亲又一次问她手指到底是怎么回事，这让安娜大吃了一惊。她告诉母亲这没有什么，是很久以前的事了，是在厨房里不小心弄的。

就在这时，幸好有一位护士过来给弗朗西送当天的药物，让这个对孩子们的事从不马虎的女人分了神。

9

有一天，不知为何，安娜正像往常探视时那样梳理弗朗西的头发，弗朗西问她那首诗是怎么写的，你知道的，那首讲父母拖累了你的诗？

母亲向来有如此漂亮的头发，浓密的、接近红褐的深棕色的头发，即使头发白了，发型也还是很好看。但现在她的头发稀少得可怜。

安娜一边继续给母亲梳头，一边回答说，是的，她知道那首诗。

是奥登[①]写的吗？母亲问。

是拉金[②]，安娜说。她没有对母亲引用那首诗的诗句。

拉金？是的。好吧，弗朗西说，那首诗写得不对。其实是我们自己拖垮了自己。或许甚至比这更坏，或许我们生来就是一团糟。也许有的父母像恶魔那样。但大部分时候，他们不也是我们吗？我们不就是他们吗？

弗朗西坐在床上，在安娜看来，她就像一个年幼的孩子，急于表现得乖巧、讨人喜欢，安娜想象着这个孩子曾经得到了父亲的无上宠爱，她沐浴在这份她相信独属于自己的爱中，来自父亲的爱无边无际，和弗朗西的那个心怀怨愤的母亲完全不同，后者的爱已经因愧疚和弗朗西父亲的家人对她的指责而变质。

---

① 即英裔美国诗人威斯坦·休·奥登（Wystan Hugh Auden，1907—1973）。

② 即英国诗人菲利普·拉金（Philip Larkin，1922—1985）。这首诗是《这就是诗》（*This Be the Verse*），拉金最有名的作品之一，开头两句是："他们把你弄糟，你的爸爸妈妈。/ 他们不是故意的，但他们确实这么做了。"

她有时想，弗朗西继续说，如果父母的错误对他们的孩子造成太大的影响，那么他们的孩子也会重复同样的错误。

10

当发梳划过母亲稀薄的头发，安娜不想看见发绺下面长着斑点的头皮。她尽量轻柔地梳，碰到暗色的疮痂时就梳得更小心翼翼，疮口边缘是青紫色的，标记出她头骨上曾经穿孔的地方。母亲一动不动，沉默地坐着，像一个受罚的孩子。刹那间，安娜隐约看见弗朗西曾经是怎样因她母亲的疯狂和暴怒而受到折磨的。

她俯下身去，朝着母亲的耳朵轻声低语。

我明白，母亲说道，仿佛在为她们两个关上那扇漏风的门，好让屋子里温暖一些。我都明白，姑娘。

说完这句，弗朗西突兀地转换了话题，问自己何时可以再次开始康复治疗，以及她可不可以去医院的健身房——她用这个名字称呼复健室，她可以在单车上做一些准备运动。

安娜请弗朗西放心，说她确信弗朗西很快就会出院，医生会告知她时间。这时弗朗西回答说，那位年轻医生说过，就她的情况而言，她现在算恢复得不错了。然而，弗朗西继续说，他并没有说她现在到底是什么情况。而她猜测，情况就是：她根本就没有好转。

弗朗西被自己的黑色幽默逗笑了。她其实感觉并不好，她苦笑着说道，但不应该用这些细碎的牢骚打扰医生。他们都很忙碌，有很多必须做的事，而且毕竟，他们要留意那么多病人。

11

安娜继续轻轻梳着母亲的头发，那算不上头发，而更应该说是发绺，她努力让它们看起来好看些，最重要的是为了安抚、镇静，让母亲免于她所预感到的一切不幸，某种母亲仍在奇迹般地继续抵抗的重力。安娜闻了闻母亲。她的嘴巴挨近母亲的头皮，以最轻柔的方式亲吻了她，接着以最大程度的贪婪吸入母亲身上的气息。

也许泰尔佐是对的。甚至一切可以继续下去，就像现在这样。

12

春天的到来没有给弗朗西的健康状况带来些许好转。她现在常常会在话说到一半时睡着，嘴巴张着，呼吸变成断断续续的缓慢喘息，就像在用废旧的气筒呼气。她也会突然醒过来，把安娜当成母亲，把泰尔佐当成父亲，把汤米当成丈夫，而且她总是表示很高兴见到他们，不论对方到底是不是她所想的那个人。她会微笑，露出她仍然拥有的几样东西：顽强而乐观的精神和几颗发黄的牙齿，其中一颗是金牙。

渐渐地，她唯一头脑清楚的时候，就是当她望向窗外，看见不断延展的纽扣草地，看见洞穴和洞穴之下的阴影，还有那把她的衣服吹皱的大风，和那充满她的鼻孔、让她发烫的额头冷却下来的泥炭般潮湿、咸涩的空气，她又一次和那些只有一只眼睛的陌生人一起，在那些幽暗的地方游荡。

安娜试图告诉自己，母亲只是头脑太过疲倦，并不是神志不清、意识退化。但现在，这一事实的证据已经在母亲的病床上随处可见，每次安娜来访都会发现，它们无可辩驳、无法否认、令人生厌。它散落为一张张胡乱摊开的报纸——有的被揉皱了，有的被捏成了团，有的倒放着。弗朗西能读一些文章，但似乎词句的意义随着每个句子到来又离去，尽管她费力挣扎，却也无法获得文章的完整意思。

证据还存在于她的病床桌板上一个泰迪熊封面的儿童笔记本里，安娜发现弗朗西手里拿着笔，聚精会神地想要写下她所谓的童年故事。表面上，她写得很流畅，这掩盖了另一个真相。日子一天天、一周周过去，笔记本里填满了神秘的草稿——乍看上去，草稿的字迹整洁有序，但只要仔细查看，就会发现那不过是一幅看似文字的图画。大部分字母都要么掉转了一百八十度，要么上下或前后颠倒，有时是镜像的，有时是用花体字笔画把一个字母和另一个字母的结尾连在了一起，要么就是反过来。这是一份无止无休地分解、融化、变形的手稿，在里面找不到任何牢固的根基。

然而，不知为何，这种书写的图案铺满了许多纸页，尽管无法阅读、没有意义，却对弗朗西来说仍然意味着什么。只要她还在继续写，她就明白那故事到底是什么，事件会如何发展。只是每次停下来回头读自己写的东西时，她会发现自己无法理解其中任何一个字。

于是她会不停大笑。

对她来说，世界上最好笑的莫过于想到自己写下的文字有什么意义，而实际上，她不过是一直在给自己编造一个漫长的、精心设计的玩笑。很难想到还有什么别的事会更让她快乐，就连在这些颠三倒四的字母里发现那个遗落了的故事本身，也不会比这个玩笑更有趣。每个字母都是一个谜，不会更多也不会更少，它们唯一包含的意义就是失落、混淆和困惑。

安娜猜想，那时母亲眼中的世界就是这样的，它已经支离破碎，而弗朗西无法在脑海里把它们拼成整体。她尝试拼凑，虽然不可能拼出什么，但她的确在尝试，仿佛她周围的一切——护士、机器、软管、疼痛，以及他们喂给她的不同药物在嘴里留下的化学物质的刺激味道——仿佛这一切都是散落各处的钢铁碎屑；假如她能让智识的磁铁足够持久、强劲地吸引它们，她就能让这些东西再度聚合成一个充满秩序、可以辨识的结构，而那个结构就是她的生活。

但她显然不能。

在这些凌乱散落的纸张中间，安娜有时会发现弗朗西在看的一部小说，菲利普·罗斯[1]的《萨巴斯剧院》。这是弗朗西问人要一些"现代"作品时，一位护士莫名其妙地借给她看的书，她已经读了三个月，一张红色书签时而出现在靠近结尾的地方，时而又出现在书的开头或中间。弗朗西断断续续地读着这些像其他事物一样对她来说不再有任何意义的词语，这是她仍在努力抓紧却已经失效了的又一根稻草。

一开始，当弗朗西对词语和现实的理解更为清楚的时候，她曾问过，现在人们真的以这种方式做爱吗？

---

[1] Philip Roth（1933—2018），美国小说家，代表作《再见，哥伦布》《美国牧歌》。

当安娜尴尬地回复说，她不确定，《萨巴斯剧院》也是一本有些年头的书了，现如今事情又变了，但是，没错，她猜想，或许，嗯，他们是这样做的，弗朗西兴奋地说，混账！

但这几周以来，至少安娜认为，弗朗西执着地读这本书的举动似乎已经成了一种近乎疯狂的决心，她在这本书的字里行间更为疯狂地寻找某种地图，某种没有任何书籍能提供的指南。有一天弗朗西盯着书本，她忽然转过身，抓住女儿的手腕，拽住女儿的胳膊，把她拉向床边，她抬起头盯着安娜的眼睛，请求安娜带她回家。

请让我和你住在一起，她说。

13

这个要求有些过分。考虑到母亲的身体状况，如果她过来住，就意味着安娜必须停止工作，或者请人在家里全天看护，这将是一次让人不快的大规模入侵，会造成许多困难与烦闷。她厌恶这种暗示：母亲召唤女儿而不是儿子来承担这种牺牲。它不仅仅过分，更简直错得离谱，甚至比错误更严重。这件事根本就不可能。

但在她的内心深处，她又觉得这并非不可能。她心里觉得这很困难，非常困难。但也并非不可能。为什么她的母亲不可以平静地死在女儿家里，而要继续在医院饱受折磨地活着？她感到这是一次试炼，而她已经悲惨地失败了。她意识到，她到这一刻才发现，这是一场试炼。而当试炼已经结束时，她才明白过来。她无法和母亲相比，因为她残酷地把母亲抛在一所医院里，让她经历孤独和痛苦。她意识到，自己不过是一个胆小鬼。

她没有回答母亲的请求。

母亲像一个孩子那样保证，说她不会添麻烦的。

而安娜则像一个恶兽那样告诉母亲：不行。

14

被女儿拒绝后，弗朗西疲倦得无法说话，或者也是因为，她没有什么可以说的了，于是她把脸转向窗口，看着外面的景象。她凝视着，因为疲惫或沉思，或二者兼有地恍惚出神，这恍惚或许还包含着别的什么东西——背叛、回忆、祈求、悔恨——不得而知。在长时间的沉默之后，她又回头望着女儿。

世界上有这么多的美好，弗朗西带着轻微的嘶哑声说，仿佛惊讶于自己用了毕生时光才换来这个发现。但我们发现这一点的时候，已经太晚了。

第四章

1

为了逃避母亲的目光，安娜盯着弗朗西的床罩和放在那里的医院专用耳机。里面传来遥远而细微的歌声。听起来隐约有些熟悉，应该是一首安娜童年时代听过的歌。过了一会儿，她分辨出十二弦吉他、管乐、和声，钢琴起起伏伏地演奏着《我失去理智》[①] 的副歌。平庸的基调强节奏，安娜想，六十年代摇滚乐的必备配方，这首三分钟的天才之作，如十四行诗一样紧凑，如初恋一样荒唐。

她跟随着这段遥远、渐弱的旋律，来到一个回忆中更加久远以至于难以辨别的所在，那个罗尼曾经到过的地方。罗尼总是让安娜想起明媚的晨光和海浪的味道，想起那总能吸引她和其他人的顽皮性格，还有被某些六十年代歌曲唤起的一种短暂的热情，明媚、清脆，属于彩色柯达胶片般的旋律迅疾消失、碎裂，就像他们曾经居住过的霍利海滩上，那些在阳光中不断分解的、老旧的人造黄油塑料盒。她是多么爱他！她是多么想念他！一阵阵海

①美国创作歌手德尔·香农（Del Shannon, 1934—1990）在1965年为英国二重唱组合"彼得与戈登（Perter and Gordon）"创作的歌曲。

浪震撼着他们居住的竖条小木屋，油地毡上的沙粒，早晨炉火发出的噼啪声，炉子上正煎着霍利做的血肠。那个年头，墨尔本的电台广播从澳洲大陆一路传来，宏大世界越过广阔的海洋，抵达他们的偏远小岛，细微的《我失去理智》的歌声从 3AW 电台^①传来，天空如此碧蓝，如此光亮，如此开阔也如此悠久，她会闭上眼睛，面朝血色的太阳，感受如此巨大的世界向她敞开怀抱，它仿佛一件你渴望终有一天能够恰好穿上的衣服，而在这世界温暖的中心处，作为向导和徽章的是它最明艳的花朵，罗尼。

到底是怎么回事？怎么回事？

2

泰尔佐到来时，弗朗西在对安娜谈起窗外着火的平原。听到这些，泰尔佐立即怒火中烧，开始和弗朗西争吵，告诉她那些梦境根本不该当真，那不过是她吞下的药物使她产生的糟糕的幻觉，她不该再把它们说得像真的一样。

母亲没有死，这个结果对泰尔佐来说还不够好。她漫步在她那些白日梦的海洋中，这个状况也还不够好。在泰尔佐看来，她必须和我们一样，凭借理智，生活在一个理智的世界里。因为摒弃了死亡，他们也必须摒弃其他的生命形态。

弗朗西抬头看着安娜，希望她能帮自己说句话。安娜的目光越过了母亲。她没有帮母亲或母亲的幻觉说话。泰尔佐继续咆哮着，他的怒火似乎无法平息。

---

① 位于墨尔本的一家商业广播电台，成立于 1932 年。

3

终于，他停下了。原本望向窗外的弗朗西转过身来，开口说话，她泪汪汪的眼睛带着一种古怪而尖锐的坚定，她的语调这时已经完全不同了：安静，但充满确信。

你们最好离开这里，这就是她说的唯一的话。你们俩都离开。

4

安娜回到了悉尼。汤米请他的儿子戴维来弗朗西床头坐着陪她。安娜付钱给他，努力不去把它看成因为歉疚而花的钱。生活回到了正轨：工作和那些她必须对付的烦恼——项目庆功宴，设计方面做出的妥协，职场困境，合作方、客户和承包商的限制。除此之外，朋友们的生活琐事，对儿子的担忧，失眠时的种种思绪，清洁、做饭和通勤的乏味之处，工作中一如往常的狂躁状态，也让她将母亲的苦难抛到脑后。

安娜回归了那个平凡的世界，在那里，她丢失的手指变成了一个谜团，一个她想要解开的谜团。她打电话给自己的医生，预约了一次针对"手指问题"的诊疗。当那位医生的接待员问她这个问题是否紧急，她回答说并不太紧急，因为在她的判断中，这确实不太紧急。于是这次诊疗被安排在了十天后。

过了三天，她的左膝消失了。

5

当时安娜住在位于罗泽尔区[1]麦格的公寓里，正准备脱衣睡觉，她忽然注意到自己的左腿有点奇怪。她用手在腿上来回摩挲，大腿肉乎乎的触感和小腿部分更加骨感的触感完美地衔接在一起。仿佛她的整条腿就是一根变细的香肠，串在一根长长的骨头上，一端用橡胶束起，当她弯折这条腿时，也感觉不到任何痛苦与不便。

她坐下，又站起来。她蹲下。然后又蹲下了一次。她做了一个高抬腿。然后是一个开合跳。直到气喘吁吁她才意识到，尽管这些动作甚至可能让她心脏骤停，但这条腿依旧能像一条正常的腿那样行动。

只不过，在以往她的膝盖完成那些膝盖应该做的事情的位置——其实这些事情也并不是非做不可——现在空无一物。没有任何关节把她的大腿和小腿连接起来。

那里没有膝盖。

安娜觉得奇怪极了。她并不惊讶，不像她发现自己缺了一根手指的时候那样，她此时毫不惊慌。她只是觉得奇怪。必须承认，她的双腿并不是她最好的身体部位，尽管年轻时，男人们似乎觉得她的腿足够迷人。但是当你年轻的时候，你的哪个部位不让男人觉得迷人呢？老了以后，又有什么地方会让他们觉得心动呢？最近几年，她的腿越来越粗了。她从不知道她的大腿从后面看是什么样子，她也从不希望自己看得到，但当她偶尔走在其他女人后面的时

---

[1] 悉尼郊区。

候，会带着恐惧看见那种景象。越来越多的腿毛。她的左膝就像右膝一样，开始像床单一样变得皱巴巴的。天冷的时候膝盖还会痛。她只要想到自己的左膝，就觉得那简直算不上是一个膝盖。

然而它现在消失了。虽然她不曾多么关心自己的膝盖，但现在她意识到，她真的失去了它。就像原牛①一般，它消失了。就像袋狼②和随身听一样成了过去时。就像很长很长的句子。就像没有烟雾的夏天。它消失了，一去不返。

6

麦格戴上了牙套，为了防止自己一整夜地磨牙，这成了让安娜和麦格觉得"枕边话"这一概念变得愈发遥不可及的又一个原因。麦格睡着后会发出噪音，那声音介于一头奶牛的咀嚼声和一只吃了硝西泮③的狗的咆哮声之间。尽管两种声音安娜都没听过，但她听过麦格的，安娜把这个称作"咕嘟"④。

她对着麦格的后背轻呼麦格的名字。作为回应，麦格发出一声低沉的哼叫，随后又化为一声睡意浓厚的叹息。安娜低声说，她想她的膝盖或许不见了。麦格发出更多更低沉的响声。就在这

---

① 一种曾在远古时期遍布欧亚大陆的牛。随着两千年间的人为捕杀和环境破坏，这种牛的活动范围逐渐缩小到欧洲中部，并最终于 1627 年灭绝。

② 因身上有老虎般的斑纹，又名塔斯马尼亚虎。现今学界广泛认为，袋狼已于 1936 年灭绝。

③ 一种具有镇静、催眠、抗焦虑等功能的药物。

④ 原文为"grubble"，有"摩挲"的含义，但此处应是一个安娜发明出来的有拟声词意味的词，令人联想起"嘟囔（grumble）"和"含混地说（gabble）"，但又与它们不同，故译为"咕嘟"。

时，安娜忽然大叫：别他妈的咕嘟了！麦格！我的膝盖不见了！而你根本不在乎！

麦格坐起来，取下牙套。她问安娜还能不能走路，安娜回答说，能，麦格，当然能，仿佛这是世界上最愚蠢的问题，因为很明显，无论有没有膝盖，她都能走路。

好吧，麦格说。她又问，疼不疼，安娜说不疼。

好吧，麦格又说。麦格问安娜，她怎么可能缺了一个膝盖还能走路。安娜说她也不知道。

好吧，麦格说。她又把牙套放了回去，躺下来，咕嘟了一些安慰的话语，不到一分钟就又睡着了。

过了一会儿，安娜从后面紧紧抱住麦格。她在麦格膝盖后侧的腘窝那里感觉到她自己那条没有膝盖的腿，那是一种意料之外的古怪感受。但那种感受究竟是什么，她却说不出来。她打算给医生打电话取消预约。她一边沉入睡梦一边想，自己到底能和医生说什么呢。她可以和医生说，她的手指不再是困扰她的问题了。没错，她想，是的，这大概是实话。

7

然后一切都陷入了崩溃。

8

这种崩溃一开始很缓慢，接着变得十分迅速。那些起初微小的细节后来才显示出其重要性，直到有关弗朗西健康状况的坏消息如雪崩般传来，各方面境况都随之急转直下。

上周，汤米打电话来，说弗朗西大小便失禁。到了这周，汤米又打来电话，但他的声音听起来和上次不同了。

可怜的汤米！他一紧张，说起话来就结结巴巴的，几乎可以说是细声细气。而和他形成如此鲜明的对比的是，安娜总这么想，泰尔佐却一直用强劲的声音做出简单的陈述，给出直接的命令。泰尔佐会用他惯用的语气说，汤米应该成为一名苏菲派 [①] 歌手——仿佛他的残忍实际上是一种赞美——不过那些歌手声腔中起伏不定的波动意在抵达某种超凡的维度，而对于我们亲爱的汤米来说，这种效果几乎不会出现。就连汤米自己也跟着笑，他们总是对弟弟的刻薄之语如此回应。

汤米继续结结巴巴地说着，讲起弗朗西最近状况很好，他甚至还把她从医院接出来，带她拜访一些年长的亲戚。因为她状况不错，而且，一个不管用的膀胱不过是他不愿提起来搅扰安娜和泰尔佐的众多小事之一，因为他们俩都如……如此忙碌，他不愿意……意……不管怎样，他往下说道，医生们给弗朗西用了导尿管，而这又导致了尿……尿路感染。

不，他不知道这是怎么回事。

汤米说安娜不必过来看弗朗西。医生说他们会很快控制住感染，他们当然会，弗朗西也会没事的。当汤米下一次打电话告诉安娜说，有天早上母亲没用助行器就自己蹒跚着去厕所，结果摔了一跤，弄断了腿骨，安娜也没有过于紧张。幸好，这次位于弗

① 伊斯兰教神秘主义派别。

朗西大腿上端的骨折很轻微，预计只需卧床休息，就能恢复得不错。

五天后，汤米在午夜打来电话。这一次他的结巴持续了半分钟以上。最终，安娜订了她能订到的最早一班去塔斯马尼亚的飞机。第二天早上六点，飞机从悉尼起飞。

9

他们在汤米家碰面，那是位于豪拉^①的一栋七十年代标准化住宅^②，低矮的天花板、狭小的房间、涂了清漆的松木家具和松木制品，房间里一大早就已经非常闷热。光是这样的松木玩意就让你想逃跑，安娜想道。

汤米结巴着说，他见过医生们了。弗朗西的情况根本没有好转，而是恶化了。泰尔佐也飞了过来，他说他还以为医生会控制住尿路感染。

汤米说他们没有。

然后，汤米口齿清晰地说出了坏消息。

尿路感染引起了败血症，接着引发了肾衰竭。弗朗西的肾不管用了。

泰尔佐怔住了，但只是片刻。他也同意，那的确是坏消息。但还不是最坏的，他说着，脸上露出了乐观的表情。做透析会很

---

① 塔斯马尼亚霍巴特地区的一个住宅区。

② 原文为"project home"，指澳大利亚的一种批量化设计、建造的房屋，价格较为低廉。

难受，他说。但总比失去生命好多了吧？

接着，汤米一字不落地告诉他们，假如弗朗西能做透析的话，她现在已经开始做了。医院有规定，不为任何八十五岁以上的人做透析。

弗朗西现在已经八十七岁了。

10

片刻间，就连泰尔佐也无话可说了。安娜终于开口发问，为什么会有这样的规定，汤米说他们告诉他，这是因为给这些人做透析没有意义。他们就是这么说的。透析会极大程度降低这些上了年纪的人的生存质量，预后也依然糟糕，甚至会发展得更糟。到了那时，她的生活就可以说是，汤米以他向来安静的姿态继续讲道，就算不上是真的活着了。她将无法做任何事：她不是在做透析，就是因为透析的副作用而昏睡。那样的话，她几乎不能算是活着。汤米说，医生们和他讲道理：弗朗西已经有无数其他的健康问题，在这样的情况下做透析，还可能引起很多致命的并发症。

他们原话如此。

泰尔佐说，怎么会呢？

汤米并不能真的给出解释。泰尔佐问汤米医生的名字，但汤米也无法确定。他们的确有各自的名字和性格，汤米说，当然，其中一个是个女人，另一个是男人，但他忘了谁是谁了，真的，这次是一个医生下次又是另一个，或者又是之前的那个。情况没有任何进程或发展，因为从没有一个医生会是最新安排的这个医生，每一个医生其实又都是同一个医生，所有的交谈都没有真的开始和结束，而只是翻来覆去地重复；他们会读笔记或者嘟囔，他们从来都无法确凿无疑地说，弗朗西看起来更好了或者更糟了，病情好转了或者恶化了。相反，他们谈论的是器质性脑综合征①、血细胞数量和水平还有其他的各种指标。他们只会回答是的、不是、也许什么情况都可能发生。

汤米找到了一个信封，上面是他草草记下的一些要点。弗朗西的医生们推荐他们采用非激进的肾脏保养法。汤米大声读出来，这不意味着减少治疗或者拒绝治疗，而只是用一种优先考虑减少痛苦的综合方法来处理母亲身上的各种问题。

我才不管那是什么意思，泰尔佐说。

我……我……我知道，汤米说，我只是想告诉你——

他们告诉你的东西？

他们告诉我的东西。

当安娜问他们这会持续多久，汤米为了看得更清楚，把信封从眼前拉开，然后说要准确地预测是非……非常困难的。

他们讨论这些词都是什么意思。实际上根本无法理解。

如果非激进的肾脏保养的意思是母亲不需要经历那些不必要的糟糕措施，安娜说，这难道不是他们应该做的吗。不要坚持做其他的事情？

甚至连泰尔佐也开始改变想法转而同意这个观点，他问汤米，医生们认为如果不接受透析而是接受这种治疗，弗朗西到底还能活

---

① 即由各种原因引起的脑功能障碍和行为失调。

多久。

汤米说他已经告诉他们了。也许一周，也许两周。甚至更多。

泰尔佐开始对汤米大叫，说汤米根本没告诉过他们，仿佛他的哥哥打算谋杀他们的母亲一样。

汤米结结巴巴地说，他说过了。

泰尔佐大喊道，汤米只是说非常难预测。

汤米继续说，没有人能说清母亲的死期是下周二九点还是周六两点，显然医生们不是未卜先知之人。

泰尔佐摇了摇头，他又问，多久？

汤米说两三周吧。最多两三周。不会更多了。

11

泰尔佐又安静了下来，安娜想，这是泰尔佐最可怕的时候。过了一会儿，他阴沉沉地说那些医生不过是一些人形计算器；对于医疗系统来说，这不过是钱的问题。一种简短得几近傲慢的声音，安娜一直认为这是泰尔佐作为经纪人的声音，告诉那些在这桩或那桩生意上损失了六百万或一千七百万的客户振作起来的声音。泰尔佐又问：医院怎么会把钱花在他们认为总归要死的病人身上呢？

汤米失魂落魄；他支支吾吾、两颊颤动、嘴唇发抖，等他说话这件事总让安娜感到烦躁。汤米现在慌忙地说，医生们都说他们已经无能为力；我们已经来到了下一个阶段。

仿佛垂死的过程不过和青春期一样，只是一个"阶段"，而非死亡本身，安娜想。她看了看手机刷了刷 Instagram 读到健康方面的专家呼吁各个城市准备疏散人群原住民担忧澳洲中部会变得过于炎热不适合人类居住小镇纷纷缺水澳大利亚正在结束最炎热的一年但有人认为不是这样，他们声称澳大利亚过去的气候记录是伪造的，这让人误以为现在比过去更热。安娜觉得这些事情并不是碎片。世界本来就是由碎片构成的。她给一张网络热图点赞，她转发、关注，她不再知道大火到底有没有熄灭，尽管它们并没有真的燃烧过。昨天发生的事也在今天发生着，明天还没发生的事几个月前已经听说过了。这到底是昨天的事，还是说此刻就是未来？

12

安娜挂了电话，告诉汤米医生显然并不在乎弗朗西是死是活。就这么简单。泰尔佐又开始大喊大叫。某种程度上，他们不过是在继续他们很久之前——罗尼去世之后——就开始了的欺负汤米的游戏。

汤米说他几乎感觉自己受到了指责——但他说到一半就停住了。他恢复了平静，说他每天都要处理这些事，他自己一个人在这里，他必须做出目前情况下的最佳选择。

泰尔佐告诉汤米说他并不是孤身一人，这很荒唐，没人在批评汤米。

但泰尔佐说的不是事实，安娜想。尽管如果汤米相信了这一点，他们会感觉好些。汤米哭了，说他们觉得他对不起母亲，觉得他是个失败者。

他们也同样让汤米相信了这一点。

13

然而这也不全是真的。毕竟，这些年来汤米才是那个陪伴母亲的人，每天他都照顾她吃饭，帮她付账单，修好窗户插销、门锁和坏掉的家电，让她的房子能够正常运转，他越来越频繁地带她去看病，陪她一起在候诊室等待听力专家、验光师、牙医、社区医生和各种专家；他为她做饭、打扫卫生、洗澡，他甚至经常在母亲那个曾经整洁无比但如今愈发混乱和肮脏的家中留宿，只要母亲晚上觉得害怕或仅仅有些焦虑，他都会留下。

想到食物落在地板上留下的黑色油点、发臭的厕所和有异味的铺盖，安娜就呼吸困难。正是这些东西让安娜总是心碎不已。母亲在这么肮脏的地方度过晚年，而她从来都看不见。

是汤米在尽他最大的努力处理这一切。

不是她。

不是泰尔佐。

是汤米。

她觉得汤米的无私让她气恼，恰恰是因为她自己不具备这种品质。在这样的时刻，她觉得自己渺小、吝啬，但她就是没有那种慷慨的品质，于是她厌憎自己那慷慨的弟弟。

她并不拥有那种东西，而且，她认为汤米的无私是一种弱点，而且这种无私令她更加轻鄙他——尽管承认这个事实令人羞愧。在内心深处,她知道泰尔佐也这么想,这就是为什么他们俩不谋而合地不放过任何一个为了汤米的好心肠而惩罚他的机会。她知道自己为何这么做,她不知道。

她就是这么做了。

14

泰尔佐告诉汤米,他已经做得很好了。

安娜告诉汤米,他真的做得很好。

汤米噙着泪水,啜泣着说他已经努力过了,但那太难了,实在是太他妈的难了。

当然,泰尔佐说。

确实很难,安娜也说。

他越是花时间帮助母亲拥有一种可以自理的生活,情况就越发恶化,弗朗西也越发依赖汤米;有时汤米怀疑,是他的帮助让母亲开始退化。

没错,安娜说,仿佛他在某种程度上不应该被责备,实际却相反。

当然,泰尔佐应和道。

汤米又哭了一会儿。他还能做什么呢?他问他们。他也没有别的办法了。

是的,她说,仿佛他所做的无非是让人厌烦,是啊,是啊,汤米。

她对他很残忍,她也不知道自己为什么要这样,但那就是他们俩向来的状态：一个不断剖白，另一个表现残忍；一个流露同情，另一个啜泣不已。这让她悲伤甚至惊骇，然而他们仍保持着这样的关系。

他做了他所能做的一切，汤米说，但他没法和那些穿白大褂的专家争论。他们知道如何把别无选择作为一种选择塞给你，就好像死亡既是无法避免的，同时又是可以选择的一样。死亡怎么会是一种选择呢？死亡怎么可能变成一种好事？不，他们必须做些什么。但那不是他们力所能及的了。

第五章

1

第二天早上来见这家人的三个医生有着某种职业性的礼貌，安娜则把这种态度看成是一种学究式的优越感。她正准备开口他们就说应该坚持采用现代的护理方式他们告知这个疗法需要得到病人与家属的同意他们解释各类根本算不上不利因素的不利因素，他们为弗朗西设计了一趟有去无返的旅程，他们决定着弗朗西的命运。安娜想，他们的工作是拯救生命而非宣判，难道不是这样吗？

此时，弗朗西似乎无法再刺穿将她包裹得日益严密的迷雾。她无从知道现在正在发生什么。她又如何能表示同意？也许为了维护她的尊严，为了维持她神志清醒的表象，她现在开始经常用轻轻点头的方式，表达自己同意每一个人和每一件事，即使那件事和她无关。大部分时候这些事都与她有关。假如他们叫她赤身裸体绕着医院跑三圈，她也会服从，泰尔佐说。只不过，汤米指出，没人帮忙的话弗朗西连坐起来都不可能。

安娜摸出手机，假装收到了一条紧急信息。她说很抱歉她说是工作上的消息她面色沉重地盯着屏幕。不断增加的恐惧、第六次物种大灭绝、不断升高的海平面、南极刚刚经历了有记录以来最热的一天，而这个有空调的病房里则十分清凉——这些事包含了些许不合常理的安慰。霍巴特的天气预报说今天四十一度，看在上帝的分上这毕竟是塔斯马尼亚，是南半球的瑞士，拜托，没人见过这种天气，它持续了一天又一天，甚至延续到现在——现在是春天还是秋天还是冬天？她想到火灾的浓烟笼罩在悉尼上空，把清晨污染成正午，继而是下午，无法从影子的角度或天空的颜色分辨时间，判断时间，时间混合成一团，也同时在她体内生长。现在是今天还是昨天还是明天？所有这些事件都直直压在她身上，比她母亲的病更急迫，她也不希望母亲的病变得更急迫。

扫描结果显示，一个医生开口说另一个医生又接着说，平均、倒数、只是平均值——在增强的同时可能有减弱——痛苦需要缓解让呼吸更轻松尽管这也可能意味着她可能会有其他不适——

医生们交替说着，三个孩子再次感到迷茫。

2

安娜听医生们谈起各类新检查、用量和类型有所不同的药物、某些护理方法的变化，仿佛弗朗西那具只剩下皮包骨头的身体并不属于一只虚弱年老的动物，而是一架来自二十一世纪的精妙机器，只要负责身体的技术员和工程师不断为各个机械部件抹油、替换零件、添加润滑剂和燃料，它就能持续工作。不知为何，安娜觉得这种手段无比残酷，但她并不清楚为何她觉得残酷，也不知道如果不这样做，他们还能做些什么。

稍晚的时候她想了想这件事，她疑惑，也许所有这些专业术语、这种无可救药的表意不清既是一种假象也是一种事实，既是一声自负、反叛的号叫也是一种谦逊的坦承；因为每个人都将死去，而弗朗西比大部分人都更早一些，并且此时我们能做的无非是许多边边角角的小事，而不是一件能够改变命运的大事。

安娜在思忖，难道这就是他们所能做的一切了吗？每天更加精心地更换脏床单，更长时间的护理和关怀仪式，这些和任何其他仪式一样必要而又空洞的琐事？假如最终，这不过又是另外一种形式的自我安慰呢？这一切，安娜想，是否真的和萨满对着病人吟诵、变魔法似的从人的肚子里掏出小鸟来有所不同？

几乎是出于本能反应，她声音洪亮地说，抱歉！工作上的事！她转过身去，再次查看了手机。她感到麻木，打开Instagram，看见刚刚失去家园的人们在沙滩上建起营地，到处都是棚屋。从未烧起大火的雨林开始燃烧而容易发生火灾的季节甚至还没有开始专家们说必须抛弃任何保住家宅的尝试因为现在大火会越烧越烈并吞噬一切。饮用水不太安全，有人发文说，没有电，没有办法通信。这里看起来就像德里①，他们现在成了新的第三世界了？她转发了一个她还没看的关于雷姆·库哈斯②室内设计的视频，这时泰尔佐说一家人都觉得做透析是更好的选择，然后安娜抬起眼睛点点头，嘟囔着表示赞成，而专家们的语言立即

---

① 印度首都，分为旧德里和新德里两部分。
② Rem Koolhaas（1944— ），荷兰建筑师、城市规划师。

变得更加直观却也更加含混他们开口他们说道正在损坏十分危险他们建议不要违背医院的规定。好的，安娜说，好的。

然而安娜感觉这种建议根本算不上什么建议，它就像吊车上的破碎球那样被扔了过来，带着无法反驳的知识的重量、多年来积累的经验的确信，承载着诸多世纪以来人们见过、治愈过或造成过的痛苦，带着一种会冲击一切人类情感的巨大的重量。

相比之下，他们的反对意见显得有些陈腐，甚至多愁善感，是一种唯独建筑在"同情"这种最脆弱的情绪之上的单薄、易碎的东西。人，死去的鸟，灰烬。当他们几人继续往下议论，这些医生的意见则又一次成为错综复杂的词语丛林，超出了这几个子女的理解，但实际上这些话的意思非常明确。

3

母亲将要死去。他们必须赞成。

4

之后的几天里，弗朗西的病情急速恶化。孩子们为了能听清她说话，只得俯下身把耳朵贴近她的嘴巴。母亲的一切表达都仿佛在看不见的海面上漂浮、破碎，三个子女费力想要理解其中的意义，只要他们听得清的话。

那些支撑着言谈的框架——时间、逻辑、语法——都崩塌了。现在，她的话只有当说者和听者双方都聚精会神时才能得以传达。这种言谈几乎只不过是她疲倦的身体操纵着颤抖的喉咙和无力的舌头，尽力吐出几声最轻微的呼气。安娜和泰尔佐轮流坐在母亲床边，对她低声说一些陈词滥调，同时另一个人则在医院走廊上不停地打电话——他们一天又一天地延长请假的期限、取消会议、推迟决定、如履薄冰地（至少他们是这么认为的）缺席办公室政治。

安娜会说她要查看一下邮件，会起身去厕所，坐在马桶上。天气太热了，总是很热，限水令已经生效，水龙头里只有很细的水流。她上下划动着屏幕这个国家将会燃烧她看到一个消防员站在救火车上拍的视频他们被火焰吞没试图逃生，他们从覆盖整个手机屏幕的大火中突围，这些火焰像洪水中的河流那样涌动，巨大的翻卷、劈砍着的火浪，丧生的消防员，一位政治家穿着沙滩裤在夏威夷度假，人们勾肩搭背地喝着酒、比着沙卡①的手势：保持镇定。没人提到各种生命的毁灭。这是两件事，没有任何东西能把它们联系在一起。两三件事，比沙卡手势是什么意思，或者没有任何意思，接着是另外的四件事、八件事和十二件事。你可能真的感觉不到任何东西，你必须感觉不到任何东西，那些新闻推送、社交媒体的新鲜事让你感到一种彻头彻尾的虚无：她什么都做不了，她什么都不想做，她什么都不是。这很好。而不是当一切死去、一切归为虚无的时候努力让母亲存活下去。她要做的是冲马桶，旁观这个世界死去，让她的母亲活成虚无虚无虚无。

---

① 原文为"shaka"，即一种伸出大拇指和小拇指并加以晃动的手势，在夏威夷和新西兰文化中用来表达问候，或指在冲浪中保持镇定。

5

弗朗西在昏睡和愈发模糊的清醒状态之间漂移，而且与之构成某种古怪的对称的是，安娜也是如此：当她不在母亲床边的时候，她期待着医院打来电话让她赶紧回来，告诉她母亲饱受痛苦、母亲将要死去或者母亲已经死去，现在就回来吧，立刻，回到这医院的世界里来，只要一回到这里，你所拥有的就只有医院内部的世界了——自然世界里的光线、空气、声音、嘈杂、芳香都被医院的光线、医院的气味和医院的嘈杂取代。

即使有了充分甚至过度的照明，你也永远觉得这里半明半暗；尽管医院抵御着死亡，治愈了病人，你还是会觉得这里半死不活，有点不放心。换句话说，这是一个半途的世界：一半是那样，另一半则不是。只要置身医院，一切事物都仿佛陷入了烟消云散的危险。时光流逝得太快了，厨房时钟的指针向前又向后迅疾摇摆，几个小时内就度过了好几天，又或者时间根本没有移动，几秒钟仿佛几十年一般漫长。地点、住宅，不过是纸帘幕、担架、穿着手术服的陌生人、监护仪、排风扇、除颤仪、心电图机和麻醉机组成的微型景观，这些系统中可更换的部件不是无穷无尽的塑料元件、衣物和哗哗作响的机器，而是人，仿佛整个系统的存在不是为了让病人活下去，恰恰相反，是病人的存在让系统得以持续运行。弗朗西则已经脱离了整个系统，对于这个无比古怪的半途世界来说，她的可利用价值即将耗尽。

6

医生们告诉他们没有缓刑时间之后的第五天，弗朗西看起来——即使只是暂时地——恢复了一些体力和意志。当安娜俯下身贴近母亲的面庞，母亲没有转头来看她，而是继续盯着前方，仿佛是要积攒她所有的力气，然后用嘶哑的嗓音低声吐出那唯一的信息：

我想要。临终祝祷。安妮。

她嘶哑的言语被痛苦的吞咽动作打断。

最好是。给神父。打电话。

安娜低头看自己手机上的新闻。在她的手掌之间，该死的山林大火让无限多的事物灰飞烟灭。某些，一切，虚无。

7

她的弟弟们站在床尾。她低声告诉他们弗朗西刚刚说过的话。她走进厕所坐在马桶上无视她缺失了的膝盖看了看手机看了看里面的照片。烧毁的袋鼠被铁丝网像胎儿的抓握一样紧紧裹住，炭化的树袋熊，烧焦的倒在地上的奶牛四脚朝天地从干燥的河床里冒出来。她让那些中世纪一般的场景在屏幕上滚动：被炼狱大火荡涤为一片赤褐色的沙滩上那失语的人性。卡拉瓦乔，安娜想。仿佛是很久以前发生的事但现在它正在发生也许现在是赤陶土色点亮了一切？你问人们，大火何时来到此地，他们会告诉你一个大概的答案，但是他们不记得也不知道究竟是哪一天。日期、月份和年份变得模糊。光线模糊言语滑移她的手机发出响声提醒有信息送达。安娜不愿再读信息，也不想再思考了。鞋子、衣服、厨具。她没法容忍 Instagram。她去看了看 Instagram。它就像一台带有电灯的发电机，在正午时分照亮由大火造成的黑暗，可世界又何曾真的陷入黑暗？

当安娜回到病房，泰尔佐正在走廊等待。他咕哝了几句关于神父的事。她注视着他生气时肩膀紧绷的样子，把她的耳朵转过来，与其说是为了听清弟弟的话，不如说是为了听不见他的话。他更大声地告诉她，把神父叫来就只有一个意思：接受最终的圣礼，接受马上就要到来的尽头，弗朗西会失去活下去的意愿，顺从于死亡。安娜的手机不能顺利加载脸书更新的内容，这既让她轻松也让她痛苦，很明显，这会搅乱（用泰尔佐的话说）他们力图让弗朗西活下去的努力，即使医生们已经表明他们无法让她再活下去。泰尔佐觉得自己快被他们逼疯了。先是被那些医生然后现在是被他的母亲。

母亲不想死去，泰尔佐和安娜一起站在医院走廊上，坚定不移地宣称，他举起一根白皙纤瘦的手指来强调这一点，仿佛这个手势能证明什么东西似的。并且，他补充道，我们不想让她死去。

她的脸书依旧无法刷新。是因为医院的墙壁挡住了信号吗？

我们不想，她说着，摇了摇头。

我们不想，泰尔佐说，你说得对。

汤米说，让弗朗西活下去这没问题这很好，但是，想想那种痛苦，那种折磨，如果让她活着，她就会遭受这些。他不确定自己真能那么残忍。为什么人要如此长时间地忍受如此剧烈的折磨？

泰尔佐开始用压过汤米的声音说，唯一要紧的就是让母亲活下去。活下去！他怨愤地说，活下去！

唯一的错误就是害怕犯错，他继续说，唯一的死路就是等死。说弗朗西已经活够了（尽管从没有人那么说过），真是愚蠢极了，这是自说自话、懒惰甚至罪孽。

死亡让泰尔佐恼火，安娜想，不仅仅是关于死亡的事实，还有这个概念本身。他曾在他熠熠闪光的那些时刻说过，每一个生命，都是宇宙的确证。也许这就是为什么，安娜有时觉得，自从罗尼走后，每一场死亡都是一个泰尔佐始终无法回答的可怕提问。

然而泰尔佐糟糕的愿望也会同时催眠安娜和汤米两人。到了最后，汤米总是会寻找安抚泰尔佐的方法，而她也总是妥协。结果总是一样：泰尔佐总能得偿所愿。

但让母亲也顺从于泰尔佐的愿望则没那么容易。不管怎样，那天，甚至连泰尔佐也无法第一时间回应母亲的心愿。

正当泰尔佐继续生着气，安娜走回厕所时，动态更新了，也许不是因为医院的墙壁，也许是手机本身的问题，也许她该换个新手机了。稠密的火灾烟雾、超细的 PM2.5 笼罩整个悉尼，两百微克每立方米以上的浓度都很危险，而现在浓度已经到了两千两百微克每立方米。她打开手机，搜索"消失"。没有结果。她发了一个企鹅的网络热图她没法控制自己的思维她没法阅读她不断点击那些让人发疯的烟雾它使人惶恐不安一位教授说这就像一场战争敌人在攻击我们的城市但我们都不知道敌人在哪里。这个星球的生命循环系统将会崩溃地平说的信徒已经成千上万新时代将会有新语言，一个网络热图说道。"火积云"：巨大的由火焰生成的云层盘踞在十六公里的高空，闪电、火星、大风和火焰围成的龙卷风会引发更多的大火。人类灭绝。因为失去一切东西而感受到的在乡之愁①。"一无所有"看起来是什么样子？哪里有这样的语言，她想，她不知道，她又刷新了一次 Instagram，新的动态又加载出来。真让人快活！ Instagram，灵魂的麻醉剂！食物假日微笑人群购物。她必须离开了。她知道。她必须离开。

8

尽管弗朗西要求请神父来，尽管她想要临终祝祷，想得到赦免，并获得她在尘世的岁月即将结束的公开证明，她看起来却不像她的母亲——那个人们口中的"老虎"——那样迷信上帝。母亲在二十二年前去世，当时她紧紧抓着念珠，仿佛这些珠子就是她的一生，同时"老虎"带着无法遏制的恐惧，呢喃着念出她的万福马利亚祷文②，而她的孩子们把这种恐惧理解为哀痛和一种未婚先孕的少女发出的狂烈而饱含敬畏的乞求。虽然"老虎"尽全力来赎罪，她却认为自己的上帝是一位更加严厉的老人，不愿宽恕自己犯下的可怕的罪孽，她只得在地狱之

---

① 原文为"Solastalgia"，由"solace（慰藉）"和"nostalgia（乡愁）"两个词组合而来，指一种虽身在家乡，但由于周遭环境的剧烈改变而感到哀愁和焦虑的情绪。
② 即《圣母经》，是基督教用于敬礼圣母马利亚的传统祷文之一。

火中接受永世的惩罚。最让她害怕的并非死亡，而是死后的遭遇。她知道；她会说，她就知道，而且不管念了多少年《玫瑰经》①，她都仍然是一个要受审判的人。她活得比她的十三个兄弟姐妹和她的丈夫都长，甚至活过了自己的几个孩子，但她无法活过残酷的上帝对这位未婚先孕的女子无法更改的审判。这一对于死亡的看法苏醒过来，和她在生命最后几周的睡梦中获得的一个念头相互搏斗。

那些"故人"，她这么称呼他们——所有那些死去的人：家人、朋友，有些如此遥远，以至于她只能从一些印象模糊的故事的细节里辨认他们——每天晚上坐着平板马车过来拜访她，邀请她去见面；他们穿过洒满阳光、铺满刚割好的干草的田野。"到我们这里来！"他们每天晚上都喊，"到我们这里来吧，吉蒂②！"

"老虎"每天晚上都拒绝他们，害怕这是上帝设下的陷阱，她已如此长久、如此成功地逃避了这个陷阱，凭借虔诚的举动和热烈的生命能量避开了它。但即使是她也终有一死，终年九十九岁，直到她呼出最后一口气时，她都在发誓她其实只有九十八岁——这是为了解释那个她在结婚后两个月生下的孩子，那个她怀着真正犯下大罪的被诅咒之人才有的凶暴和恐惧不断殴打的孩子，那个被赐名为弗朗西斯的女儿。

---

① 又称《圣母圣咏》，写于 15 世纪，是天主教会用于敬礼圣母玛利亚的祷文。
② 原文为"Kitty"，也有"小猫"的意思，或许是因为这个名字引发的联想，她才得到了"老虎"的绰号。

9

正如"老虎"想继续活下去是因为她为自己的罪行感到羞耻，安娜想，或许弗朗西完全坦然地面对死亡，是因为她并不为她的人生感到愧疚。但泰尔佐下定决心，要把母亲从她自己的愿望中拯救出来。她现在强烈赴死的态度已经十分清楚，因此他更坚定地认为，他们必须让她活下去。

汤米用一种少见的强硬语气问：既然她想去死，为什么他们不顺从她呢？难道这不是她的心愿吗？

如果陷入弗朗西的处境，谁不想去死？泰尔佐回答道。这并不是重点——重点是他们必须改变弗朗西的处境。只有那时，她的心愿才会随之改变。他们不能去找神父。

汤米又一次反驳了他，于是看上去有些沮丧的泰尔佐发出了警告：我们当然会在她准备好的时候叫神父来。但不是现在。

安娜没想明白，叫神父来和信仰上帝到底有没有关系。或许母亲这么要求是因为他们。或许弗朗西想凭借这种方式对孩子们说：够了。求求你们。让我走吧。

但他们不能允许这种事发生。

是他们来做决定。而不是她。也不是上帝。她的死期并非此刻。

这看起来非常残忍，安娜想。也许这是因为，这的确非常残忍。

他们又回到病房，泰尔佐轻声告诉母亲，等她真的要走的时候，他们会叫神父来的。不过，泰尔佐脸上挂着骇人的公事般的微笑，露出所有的牙齿和一股背叛的意味，补充说道，她将继续活着。

10

那天晚上，安娜和泰尔佐一起在汤姆·迈克雨果餐厅吃快餐。他们说到了心理咨询的事。泰尔佐说他第二次离婚的时候去做了几次咨询。他会向咨询师讲述自己生活的各个方面，说明他自己对这些方面的理解，然后咨询师表示赞同，并赞许泰尔佐对自己的觉察。咨询师告诉泰尔佐，他是那些幸运的人之一，是那些真正了解自己是谁的少数人之一，而且泰尔佐自己也这么认为。

几周后，这个模式改变了。咨询师把泰尔佐的语言重述为她的语言，把泰尔佐的理解还给泰尔佐。或许，他猜测，这么做只是为了让她昂贵的费用显得合理。不管怎样，泰尔佐继续去做咨询，他们继续彼此赞同，直到有一天泰尔佐再也不去了。

他告诉安娜，坦诚地说，他其实挺想念那些日子。他并不介意谈论他自己，但他感到，他多多少少能够控制自己的悲伤。他可以理解这些情绪，因此也能承受并克制它们。但是他最终受够了这些悲伤的回收过程，于是停止了咨询。

她问他当时有没有谈到罗尼去世的事。他有没有——

泰尔佐的玻璃杯摔碎在地上。

不好意思不好意思！他嘟哝着，奇怪的是，这话听起来就像从汤米口中说出的。他久久地盯着地板，一动不动。安娜去吧台拿簸箕和扫帚回来时，发现他还低着头。她尴尬得不愿走进他的视野范围内，只是把垃圾打扫干净。

他盯着地上的碎玻璃看了很长时间。他们俩坐在餐厅角落的扬声器下面，她意识到正在播放的音乐掩盖了弟弟发出的湿漉漉的哽咽声。

她轻轻叫了一声他的名字。他仍然凝视着地板。仿佛他想要清除自己的某些东西，那些东西却在他的体内变得越来越庞大。他摇了摇头。最终他头也不抬地问，她记不记得"老虎"做的那个梦，那个故人们坐着马车过来抓她的梦？

安娜点点头。

那，罗尼呢？

安娜什么也没说。她当然知道那个梦："老虎"死前反复和一家人说起，那些死去的人们每天晚上都来抓她，领头的是一个英俊漂亮的男人，他站在马车上，手里攥着缰绳。那个英俊的男人就是罗尼，在梦中，他已然长大成人。那时罗尼才十四岁。这是个古怪的细节，因为每晚在梦中造访她的其他人都是已经死去了很久的人。

十天后，泰尔佐说，"老虎"就入土了。

他没有说的是，罗尼从他寄宿的圣母学院放假回家后就上吊了。他不必再说。

安娜回应道，那不过是巧合，没什么别的意义，那时和现在大家也都这么说，但没人真的相信。有时，当安娜想起这事，尽管她知道这一切很荒唐，但她仿佛感到有两个不同的世界，生者和死者的世界忽然靠得太近，于是许多事都变得混淆不清。

泰尔佐比罗尼小一岁十个月，他低沉地说。在那之后，他成了一家人无论如何也不愿失去的孩子。或许他因此成了他本不该成为的人，成了不同于他本性的人。你知道，泰尔佐说，如果你只是在脑子里想想，你会觉得你能把自己塑造成任何样子。但你从来不会真的变成那样。你的内在还是原来那个人。

　　他为自己敷上了"泰尔佐"的表象。

　　第三个。[①]

　　家里排行第三的儿子。

　　虽然后来他成了第二个儿子，成了那个已经不存在的人，但他一直假装自己仍是第三个小儿子，假装罗尼并没有在棚屋里自缢。

11

　　她走上前去，开始清扫地上的玻璃碴，而他在一边继续说话，根本没过来帮忙。

　　不，他说，他不知道自己怎么了。他一度以为那只是忧郁或哀痛。但不是那样。仿佛有某种更大的东西，他无法解释，也无法理解，只是越来越深地陷入其中。她知道那种感觉吗？那种不断往里面跌落的空虚感。你明白吗？这种感觉永远不会停止。

　　他不断跌落，当他环视四周，他看见了她，还有罗尼和弗朗西，他说。但他无法抓住他们伸开的手臂，旁边还有他们小时候爬过的那棵长在教堂旁边的桉树，他从树杈之间跌落，却无法抓住任何枝条，他能看见枝叶的背部弯折、剥落，新生的树皮上闪

---

① "泰尔佐（Terzo）"在意大利语中的意思即"第三"。

烁着青翠的希望，他能闻到蚂蚁的气味和塔斯马尼亚的空气，但他无法抓紧，只能不停地从炫目的塔斯马尼亚的日光中往下坠落，还有他们在后院不断爬上爬下的老旧木梯，他总是踩不稳踏板，一次又一次地摔进黑暗，而这种跌落无法终止。那种感觉就是这样。空虚。她明白那种感觉吗？这就是他现在的境况。

仿佛有什么东西在撕扯着他，这时他的身体正控制不住地痉挛。他试图阻止自己继续抽噎，随之发出一阵古怪的、动物般的窒息的声音。真是可怕而悲哀的声响，安娜想。正如安娜讨厌泰尔佐那不被外界干扰的淡漠态度一样，她觉得泰尔佐完全丢弃这种淡漠的样子也同样可憎，仿佛前者不过是一副体外骨骼，没有了它，他就不过是安娜面前的这个样子。

过了半晌，他终于抬头望向她说，他觉得他周围的爱正在渐渐消散，这很可怕，你可以感觉到爱在四处消亡，你明白吗？难道她感觉不到吗？泰尔佐问。那种没有了爱的感觉？要不是因为没有了爱，人们怎么能做出这些事来？

她说，她害怕的是人们有时出于爱而做出的某些事情。

他不太确定她的话对不对，他接着说，如果弗朗西走了，他将失去他唯一拥有的爱。

他那古怪的动物般的抽噎再次开始了，简直像是快要呕吐一般。但他没有吐出任何东西。

这是安娜唯一一次听到他提起罗尼的死。泰尔佐发现罗尼吊死在棚屋里。他从没谈起过这件事。她也从没问过他当时看见了什么。仿佛他想要呕出些什么，但什么也没有呕出来。只有某物、一切和虚无。

12

看看云，或者看一幅画——泰尔佐在漫长的停顿后继续说，但他又说不下去了，仿佛他需要的词句已经破碎，散落在地上，在安娜没扫干净的玻璃碴之间。实际上，他再次开口，然后沉默。真理①，他轻笑着说。他之前意识到他并不了解自己，甚至还没有开始了解自己。他的恐惧在于，他本人远远不只是一个投资者、风险投资人或一个成功的商人。这倒不是说他是个与众不同的人。不，他知道自己身上没什么了不起的地方。然而他感到他的体内有种特别的东西，而且每个人内心都有这种特别的东西，但一些像他这样的人压抑着这种东西，杀死了它，这就是他隐秘的恐惧：他已经扼杀了他原本的样子，他在罗尼死后扼杀了这些品质。他不知道自己为何如此。他杀死这种东西是为了不让它杀死他自己。他不明白。不。他不是那个幸运的人因为他并不了解自己他真的不了解难道有人了解过吗？

令他惊骇的是这些想法，是这个感觉自己的内心已经死去的念头——在某些根本的层面上，他并不能理解它，但是他能感觉到。这种想法不断纠缠着他。从弗朗西第一次生病开始，这些想法就开始在他心中浮现，泰尔佐这样告诉安娜，有天晚上，他打电话给汤米寻求安慰，寻求一些善意的话，即便是哥哥结结巴巴的言语，也能多少有些帮助，但汤米接电话后，泰尔佐只听见自己在指责汤米没有更尽力地照顾弗朗西。她敢相信吗？而且最奇怪的是，他表现得越是愤怒，内心就越感到平静。他感觉好多

---

① 原文为"Truth"，与前文"实际上（In truth）"相对应。

了。但这是最糟糕的。这让他忘记一些东西。斥责汤米让他感觉自在了一些，这很病态。但这的确让他忘掉了一些事。

泰尔佐望着安娜，但她不太清楚这目光的意味。他举起一根骨感的细细的手指，仿佛在阻拦车流，他的声音突然恢复了往常那种不容反驳的语调，略有些尖厉的确凿感。他告诉她说，她认识那个可以帮助他们母亲的人，她知道他说的是谁，他忘了那人的名字但她一定记得。如果他们不加以干预，母亲就只能活几天了。安娜你一定能帮上些忙吧?

这就是那天晚上他们面对这一事实的时刻：现在，弗朗西的生命只能用几周甚至也许是几天来计算。

除非，除非她按照泰尔佐要求的那样做。

离开餐厅后，她就去了医院。病房的灯光变得暗淡，在深夜医院特有的倦怠氛围中，她看见一个陌生人静静坐在弗朗西身旁，这个男人是如此年轻，他厚厚的胡子看起来就像蹩脚的舞台道具。

他慢慢转过身朝向她，微笑着说，你好，安妮姑妈。

第六章

1

在片刻的迟疑后，她认出了那双有黑眼圈、画着黑色眼线的死气沉沉的眼睛，它们属于汤米那患有精神分裂症的儿子戴维。他们拥抱了一下，然后搂在一起，回过头看弗朗西。

在医院夜间朦胧的光照下，母亲半透明的皮肤和皮肤上苍白的蓝色血管呈现出某种大理石般的质感。淡淡的氨气味从她的身上散发出来，仿佛她刚刚被玻璃窗清洁剂洗过一遍。她的脑袋深深陷入一只显得过于巨大的枕头，如同某种脆弱、微小的瓷器，快要被支撑着它的柔软底座遮盖。安娜震惊于插在弗朗西身上、用于输入与输出的细面条般的软管日益增多，此时她眼中的母亲仿佛不再是她的母亲，而是一具凋零的躯体，无异于很久以前被捕杀的猎物在蛛网里留下的甲壳。

弗朗西吐出一声长长的呻吟，如一阵缓慢的微风从幽深的峡谷中脱逃，她忽然醒来，有些惊惶，然后开始挠腿。汤米！汤米！她大喊道。戴维嘟囔着说了些安慰人的话，然后她转向他，盯着他看了一会儿，就好像她遗失了什么东西。

那天晚上的其他时候，她求他们把她带回家去，她睡一会儿醒一会儿，有时像感到了某种剧烈的疼痛似的揉搓着自己的各个关节，直到她突然开始担心美国中情局的间谍正在观察她，于是停止了动作，变得十分警惕。安娜告诉她附近没有任何人，弗朗西却指了指窗户。那里！那里！她叫了起来，对女儿显而易见的愚蠢不住摇头。那里——那些只有一只眼睛的人！

比起他的姑妈，戴维对弗朗西的疯癫言行就坦然多了。他瞥了一眼窗外，转过身来说，他不明白那些人怎么能一直在打牌而不受惩罚。如果上司抓住他们，他们会被狠狠责罚一顿。

戴维的观察结果让弗朗西平静了下来，她点了点头表示赞同，不久后她就再次沉沉睡去。

安娜告诉戴维，他对弗朗西真的很温柔。戴维笑了笑，说他已经习惯了其他人迁就他的各种妄想。问题的关键在于，他继续说，那些妄想其实是真的。

2

那个晚上，当安娜照看熟睡的弗朗西时，她想知道弗朗西梦里到底会去哪里。她会不会回到童年时代的那些故事里，回到那个由反叛的神父和魔法组成的奇妙的往昔世界？在那个世界里，囚犯发出咒骂，命运给出答案，海鹰偷走婴儿并在巴斯海峡[①]岛屿上的鸟巢里把他们养大，神父只要盯住通奸者，就能让他们无法动弹。

弗朗西成长于大萧条时代，在一个五十英亩的农场上过着贫

① 位于澳大利亚东南部，塔斯马尼亚岛与澳大利亚大陆之间的海峡。

穷的生活，但她觉得，自己在塔斯马尼亚西北部的山上度过的童年无与伦比地丰裕。她深爱的父亲每天早上踏过那座墙上糊满报纸的农舍的三级台阶，然后跪下来。

那个地方在梅尔罗斯山间，北边二十英里是广袤无边的巴斯海峡的海水，南边一样远的地方坐落着罗兰山，这微小身躯跪伏在地的身影让他的灵魂充满海水闪耀的碧蓝，山峦深幽的碧绿，还有那些蓝绿之间的颜色，它属于被耕开的火山土、生机洋溢的森林和飞速翻卷的云影下泛起波浪的庄稼。这红！这绿！这蓝！假如他要做一面旗帜，那就要用他的三种颜色，而他称之为家园、家庭和爱。假如他可以向天堂呼喊，那么他就会大声喊道："我们！是我们！是我们的！"

但他只是跪下。

他只是跪在那里，头颅低垂，巨大的宇宙在他的身体内外、穿过他的身体振动着，那个宇宙也被他理解为一个人格。弗朗西的父亲每天早晨都会感谢上帝让这个世界如此美丽。

这种观念、这幅图景——对弗朗西而言，二者合而为一。个体的微渺和宇宙的浩瀚。恩赐和感激。人的力量显现于世界，而世界的力量也存在于个人之中。

弗朗西从未忘记那个画面，也无法摆脱这种感觉：只要她也跪下来，让世界、上帝、美和爱都进入她的体内，它们也同样会属于她。和那幅画面中苍莽的力量相比，她童年的贫穷不值一提。

3

尽管如此，她从小就被教导，不要祈祷，不要打扰上帝。她生活中的权威都是男性，只有男性，而上帝，说到底，也只是另一位这样的男性。他是个大忙人，在弗朗西还是个孩子的时候，"老虎"会这样告诉她，到了弗朗西那里，她又会这样告诉自己的孩子：比起为你们的烦恼操心，上帝有更重要的事情要做。最好的办法是，她如此建议道，求助于圣母马利亚；如果有人请她帮忙，她就会出现，她总是这样。她总是会帮忙。她和我们是一伙的。

这种对女性的崇敬弥漫在弗朗西家中。他们崇拜圣母，也崇拜外祖母"老虎"，还有数不清的姨妈、姨婆——她们时不时地来访，讲述一番她们的家族如何在第一次世界大战期间跨越大洋来到这里的古怪故事；他们也崇拜弗朗西本人。他们所有人，包括霍利，都尊敬这种信仰。

男人更擅长挖壕沟，霍利会这么说。但也就是这样了。

安娜从未听父亲说过任何关于"老虎"的坏话，后者和他们一起生活了三十年。他只会带着深深的敬意说起她。女人，越来越多的女人，他们家差不多就是这样。表面上他们是向上帝、向耶稣和男人下跪，但他们在内心深处服从的是与之相反的另一种秩序：在心里，他们崇拜的是女性，而越来越无法控制自己崩坏的头脑的霍利，也同样对女人们下跪。

不管怎样，弗朗西生长在女人几乎没什么权利的时代。社会能允许她做什么呢？就是这么多了：他们——安娜、汤米、罗尼和泰尔佐。她可以影响、塑造、创造他们。安娜现在发现，弗朗西选择不去欺凌、主导或控制她的孩子们，这是一种值得无限赞美的美德。小家庭内部的专政原本可以弥补她所丧失的自由，但弗朗西拒绝了。不止拒绝了一次，而是每一天、每一刻都在拒绝，尽管粗暴的育儿方式原本是如此顺理成章，甚至本来就是再正当不过的。

有一次去医院时，安娜发现弗朗西一反常态地沮丧。

我曾经打过你们，弗朗西说，她在抽泣。我打过你们，我可怜的小宠物，我打过你们每个人。

这话是事实。而且说这个没有意义。

她的爱巨大无比、包容一切，它如此庞大，以至于她身上的其他缺点相比之下都显得微不足道。她难以预料的暴力之举，那被她称作"好好敲打一番"的行为——各种各样迅猛而粗暴的惩罚方式，比如抽耳光、打屁股、用小拳头那么大的木质勺子敲打，还有餐刀突然重重地扎在不听话的手背上，有一次她还拿着火钳在整个休息室里追赶罗尼，试图用火钳敲碎他的脑袋，她一边追他一边喊道，孩子，我可要给你敲一敲！而这一切比起她无边的爱都算不上什么。

我很抱歉，弗朗西说，我真的、真的很抱歉。我不应该伤害你们当中的任何一个，她说。

安娜告诉母亲，她没有伤害过他们。在某种意义上这是真的。女儿无法理解母亲的自责。因为安娜从没怀疑过母亲的爱本就是这样粗暴。

4

安娜有时会想起，母亲很少提到霍利。弗朗西有时把她无法理解的那种政治家突然爆发的情绪称作"秋天落叶烧"，这个词指的是她有一次发现霍利站在他们的床上，把枕头里的羽毛倒进他在床垫中间点着的火团里，说他要烧掉秋天的落叶。当时他五十二岁，他的失智症状已经不容忽视了。在之前的几年间，弗朗西淡然地容忍了他日益严重的记忆错乱、越来越荒谬的行为、违背常态的暴怒，她总是尽最大的努力去忽略它们。但在这次点火事件后，她别无选择。霍利去了一家收容所，并在三年半之后死于阿尔兹海默病。

安娜想，她永远不能真正理解母亲那些年都承受了什么。她一直很爱父亲，并希望母亲也爱父亲。但那不是弗朗西的风格。母亲向来对父亲的话题保持沉默，这违背了安娜心中设想的父母之间应有的爱，甚至也与安娜关于爱本身的观念相抵触。良善。永恒。愉快。他们之间的爱根本不是这样。但那毕竟是爱。

有时安娜试图让母亲说点什么，于是安娜会说些父亲的好话，但这只会让弗朗西议论几句他的德行（用弗朗西的话说）。弗朗西会说些挖苦话，说她如何被他那些更为恼人的习惯弄得啼笑皆非，但她也并非想批评他。他仿佛只是一个足够熟悉的陌生人，碰巧和她关在一起共度此生。在她的叙述中，他们二人的关系似乎完全是偶然的。

弗朗西十九岁就结婚了，太早也太快了，她说。父母的争吵大多是背着孩子们进行的，但汤米有次提到弗朗西曾告诉过自己，霍利心智开始衰退的那段时间，他决定要把家里重新整顿一番。他不让弗朗西像往常那样整理橱柜空间，坚持要自己来做，结果根本记不起他把各种东西放在了哪里。就这样，沙丁鱼出现在放袜子的抽屉里，而袜子则放在棚屋中。

汤米告诉安娜，在最后那几年，弗朗西崩溃了，她哭着讲述他们的父亲是怎么对待她的，他试图控制她生活的每个方面。但他也同样爱着弗朗西，即使他们的爱既持久又让人窒息，但归根结底，那还是一个爱情故事。

5

弗朗西喜欢工具、机械，她敬佩动手能力强的人。她会充满爱意地描述父亲割草料的样子。她用其他人看一位小提琴大师的敬慕眼神去看她的汽车修理工。回忆起蒸汽打谷机第一次在他们那个地方出现的时候，她依然流露出惊奇的兴奋之情：那是个巨大的钢铁怪兽，轰响着驶过煤渣路，把火花和赤红的烟雾喷吐进茫茫夜空。

当生活变得暗淡，她就带着热情彻彻底底地清洗一遍自己的车，这让她感到愉悦，最后她总会打开引擎盖，为她不知道如何维修和调试发动机而懊悔。她数学头脑不错，特别喜欢帮家人计算，而身为市政工人的霍利却缺乏这种才能。

她曾受过教育，并担任小学老师的工作，但那个年代的规矩是她一旦怀孕就得辞职，并把此后的人生献给丈夫和孩子。她开始对家门之外的生活缺乏信心；她最初是出于责任而扮演妻子和母亲的角色，后来这成了她的习惯。这种习惯从根本上让她感到无聊，但每次回到家中，再次踏入"妻子的职责"这一社会定义出来的陷阱中时，她依然很高兴，即使这只意味着她将回到那个作为妻子的劳动岗位上。她生活在一个所有微小事物都忽然变得巨大的世界：她彻夜陪伴生病的孩子，因手柄松脱而变得危险的炖锅霍利从没拿去修过，新买的上学穿的皮鞋忽然穿不下了，想方设法把生日礼服上的污渍洗掉。无人歌颂，无人赞美，无人尊敬。弗朗西做了这一切，并不情愿，但她仍宁愿把这样的生活过下去。然而有一次，安娜无意中听见母亲和"老虎"谈起女人们，她们古怪地把声音压得低沉、沙哑，那是她无法忘记的默不作声的愤怒之歌。

6

霍利去世后，弗朗西再次成为小学老师。有些事发生了，或者没有发生，又或者发生了好几件事；总而言之，她和一位老师很要好，但似乎没人知道他们的关系到底算不算男女关系。汤米隐约感到这里面有些什么，但他没有证据；尽管安娜也没有证据，但她觉得他们之间的确是清白的。第二年，那位老师不在学校工作了。后来他们发现他和一个叫达尔科小姐的助理私奔了。弗朗西消瘦了下去，不再打扮，只是穿一些实用的、颜色暗沉的衣服。在那糟糕的一年之后，她退休了，再也没有工作过。

用遗憾和懊悔的眼光去看待人生，这不是弗朗西的作风。尽管她生活中得到的机会又稀少又平淡，但她大多数时候对人生抱着一种持续不变的感激，只是偶尔也不免流露出些许对他人的犀利评价。

她把最刻薄的评价留给自己。哦，她那么做太蠢了，她会这样说，又或者说，为什么要问我？我又懂得些什么呢？

在这些她贬低自己的生活的时刻，你能感觉到她内心痛苦的懊悔是如此深重，甚至无法想象她能一直带着这种懊悔生活。

7

第二天晚上，安娜终于回到悉尼。她做了一件平常不会做的事情，给一位老朋友打电话——好吧，并不算老朋友，而是一位好友的前任男友——他现在主持着悉尼最好的一家医院的肾脏科。听了她描述的有关情况，这位肾脏科医生说，他必须承认霍巴特医院肾脏科团队给出的建议非常合理，另外，假如那是那家医院的规定，那么就无可辩驳。

但他顺带提到，一项新研究显示，肾脏护理对于特别年长的人来说有时是值得尝试的，安娜立即表示了兴趣。她调用了她平时对客户施加的那种魅力，用一种关切甚至恭敬的语调把某些有点尖锐的东西包裹起来。或许不只是一点点尖锐。她不断诱导他，仿佛他是一位难缠的承包商或一位顽固的、无法理解她对新建筑设想的客户。

这位杰出的肾脏科医生让步说，她说的也有道理。也许他开始抱有一丝同情，也许他记起了多年前一位女友的漂亮朋友，一个对他而言本来不存在的人。不管怎样，他终于退让了，说他认识霍巴特医院肾脏科的主任，他会和那人打个招呼。

安娜觉得他忽然变得既温柔又可靠，而且她记起了他从前对她的那个朋友多么体贴，而说真的，她的那个朋友却对他很糟。

安娜被他的善良打动了，以至于她几乎要开口跟他谈谈她那消失的手指和不翼而飞的膝盖，结果她即刻听到电话里传来其他人说话的声音，接着他带着怒气嘟囔了一句：这些他妈的护士！

他用极为不耐烦的语气吐出这几个字，假如她把自己的故事告诉他，安娜可不想听到他用同样的语气说她的坏话。该死的安娜！他可能会如此大叫道。

不，她想，我最好什么也别说。

不管怎样，无论如何，派得上用场的关系网开始运转，并逐渐延伸到其他的关系网，信息发送出去，电话拨了进来，该打的招呼也都打了。

8

几周后，他们在汤米家吃饭——吃的是一种很有汤米风格的食物，他管它叫咖喱羊肉，而兴致很高的泰尔佐则为这道菜赐名"香焖羊肉"①。他极力劝说他的哥哥姐姐接受他对母亲未来的打算。

因为一切都变了。

弗朗西已经开始接受透析。检查结果不算太好，但也不算太坏，而且治疗也已经没有退路了。当弗朗西没有做透析或者睡觉

---

① 原文为"rogan gosh"，通常被拼写为"rogan josh"，指一道将羊肉与香料和奶制品一齐烹制而成的菜品，发源于克什米尔地区。

的时候，她有时会闲聊，而且按照汤米的说法，她看上去清醒多了。

泰尔佐一直坚持的办法——现在也成了他们所有人的办法——似乎是明智的。他们的钱、权力和影响力显然是令人无法抵御的：游说、施压、用钱购买这家医院不能够提供的，或者说在泰尔佐看来无法有效、合理地提供的各种服务。泰尔佐刚从吉隆坡飞回霍巴特，他感到自己获得了胜利，他的思维和手段都成功地得到了证明。弗朗西健康状况的好转，加上泰尔佐最近获得的成功——用他自己的话说，"和马来西亚一家木材公司签下了一笔大生意"——让泰尔佐再次精神抖擞，甚至有些亢奋，至少安娜是这么觉得的。当安娜问他是否为治疗的高额费用而担心的时候，他向后仰去，用门牙咬了咬已经裂开的大拇指指甲，然后用他喜欢的玩笑话回答：钱既不在这里也不在那里，他说。钱在中立的瑞士。

泰尔佐说，世界在不停地纠正自己，而只要我们投入精力和资源，弗朗西的健康就能恢复，她也会重新回到正常生活中。他说得就好像所有这些事"既不在这里也不在那里"，而是存在于瑞士的一座金库里。

泰尔佐相信弗朗西能再次回到她自己家里生活，这个念头和弗朗西的身体状况一同复苏了。泰尔佐认为，前不久还看起来不可能的事情，现在却真的变得可能了，只要他们能在方方面面为她提供无微不至的支持，一方面使她能够活得尽可能长久，另一方面又把她的孩子们从以往照顾她的那种单调、繁重的负担和责任中解放出来。

泰尔佐打开了手机。他根据手机里的一些笔记开始陈述，为了让母亲重新独立生活，尤其是为了让她能够活下去，他认为目前迫切要做的事：他们必须付钱购买看护服务，特别是住家护工，可能还不止需要一个；管家；接送母亲去各个地点的可靠的司机；以及其他种种。泰尔佐列举了如此多只有用钱才可以买到、只有那些有钱人才能够负担的人和事。安娜看着他修长、纤细的手指不断划动屏幕，召唤出如此多需要操心的大小事项——理疗师、言语治疗师、厨师、园丁，还有更多服务，需要更多的钱来购买。

泰尔佐现在心情大好，安娜想，以至于汤米本人或者汤米的厨艺都无法让他恼火。他仍在划动手机屏幕，手仿佛猫爪，在玩弄一只逃不出掌心的夜莺。他们需要根据弗朗西目前的虚弱状态改造她的家——斜坡、护栏、把手、水管工服务、一个新的轮椅专用的洗浴间、各种各样的小修小补和维护工作。这些都需要雇佣一个建筑工来完成。

他抚摸着精心修剪过的银色胡楂，安娜知道，胡楂之下是他圆润的下巴，泰尔佐说这都是爱的体现。

安娜发现她莫名对泰尔佐的计划很有信心。面对着母亲不断衰败但他们不能任由其衰败的身体，泰尔佐的计划也很快成了她的计划，进而成为她的热情所在，最终她发现，这成了一个常识。

9

汤米拿来更多的食物，然后回到了座位上。他开始吞吞吐吐地谈到人应该接受死亡。他一边说，安娜一边抬头看厨房墙上挂着的他那些没有卖出去的画——画面生动，视角大胆，层层涂抹的丙烯颜料如同雕塑一般，画面描绘的是霍巴特这座城市，还有这里的山、河流、鱼类、植物以及在公路上被撞死的动物。这些画一点也不时髦，因此在安娜看来令人尴尬。泰尔佐看待它们的眼光更宽容些，也许是因为艺术对他而言根本没什么意义。如果你是个结巴，艺术又算什么呢，有一次泰尔佐对她说了这样一句嘲讽汤米的话。你很难做成什么大事，不是吗？难道每个人都要猜测他最后一个词的意思，或者他下一个词会说什么？

汤米还没说完，泰尔佐就开口否定了他，认为那不过是懒惰的陈词滥调，不该这么轻易地给母亲判死刑。

他说得对，因为汤米所说的接受死亡的态度在安娜看来软弱而胆怯，特别是在和泰尔佐疯狂、残酷、充满恨意的爱相比之下，而她忽然懂得了后者的这种爱，当他们此刻坐在汤米这处位于郊区的破旧的家里，这种疯狂、残酷、充满恨意的爱也变成了她的疯狂、残酷、充满恨意的爱。对泰尔佐而言，这很简单——现在她明白了为何如此。他们用永无止境的残酷态度来应对母亲日复一日虚弱下去的身体。一旦你发现这种残酷必不可少，它就会变得无法阻挡、战无不胜。她几乎为他们的残酷感到眩晕。他们将用弗朗西的财产购买他们所需要的看护服务——这些钱还能有什么更好的用处呢？

汤米继续磕磕绊绊地说了些什么，但对其他人而言，他的话已经不重要了；毕竟，那不过是汤米。就连他和弟弟们在圣母学院上学的时候，他也总是求助于罗尼。他，汤米，是那个弱者，而罗尼是强者，是保护者。

在罗尼的葬礼上，当迈克尔神父主持仪式的时候，汤米站在教堂外面，不愿进去。在那以后，就像泰尔佐以前常说的那样，他又成了那个汤……汤米了。

对母亲无可辩驳的同情已经让他们获得了充分的安全感，于是泰尔佐的话题开始转向汤米。汤米在母亲住院之前已经获得了处理母亲各种事务的权力，泰尔佐请他列出母亲的财产。泰尔佐微笑着说，他们就是一个董事会，正在审核一家刚刚收购的企业的接管情况。这是解谜游戏的最后一个环节，他们需要准确地了解弗朗西有多少钱，这是他们掌控弗朗西生命的最后一个步骤。

泰尔佐问：汤米，这个董事会买下来的到底是什么？

10

当汤米开始向他们交代弗朗西的财务状况，泰尔佐的狂躁能量似乎消散了。他只是静静地回答，好的。然后一次又一次地重复这个回答，仿佛他听到的事既正常又不正常，就如同安娜消失的手指。好的，好的。他们仔细听着，但他们到底听到了什么呢？好的好的好的。汤米从衣柜深处拿出一沓文件，继续介绍其中枯燥而复杂的事项，提到了一些已经退休的会计与不负责任的银行职员。此时他口吃的毛病几乎变得一发不可收拾。

11

安娜无意中瞥了一眼自己那反常的手，接着她意识到自己的举动可能会让别人注意到她不希望被别人注意到的东西，然后匆忙地再次把目光投向汤米，同时把手放在膝盖上摩挲，但她的膝盖也不在那里。好在没人注意到她，什么事也没有发生，丢失的一切仍然无迹可寻。她低头看了看自己的腿，那条腿仍然能从中间弯折起来，仿佛它是由某种新型塑料制成，不需要膝盖骨也能自由弯曲。

上周在悉尼的时候，她终于去看了医生。她最开始告诉医生，她的脚感到一阵反常的疼痛，这是她为了预约就诊而编造的理由。去诊所的路上，她穿了一条长裙，以便把没有膝盖的腿遮掩起来。然而，当她躺在诊察床上时，她把裙子掀了起来，露出她的腿。还有她那少了一根手指的左手，它醒目地摊开在诊察床光洁的床单上。她觉得自己的这两个部位都已经十分明显地暴露了出来，根本用不着向医生说明她此行的真正目的。医生绝不可能看不出来。

当她躺在床上时，目光游移到墙上一幅巨大的带框照片上，画面里是一位衣着艳丽的单板滑雪爱好者。她的注视引起了医生的注意。这位医生身材娇小，但戴着一副大大的眼镜，这使她的脸显得更加稚气。医生说，这张照片是她在泛太平洋赛上拍的。照片上，医生穿着滑雪服，人们完全认不出是她；她身体下蹲，静止在阿尔卑斯山碧蓝色的天空中，仿若飘浮在白雪覆盖的山麓之上。安娜大胆地指出，这个动作大概对膝盖不太好，而那位小个子医生回答，也不一定。

安娜向医生暗示说，膝盖是人体必不可少的关节。

那位年轻的医生在键盘上敲打着。

膝盖是必需的，并不只是对于高山运动而言。

年轻的医生走到诊察床旁。

安娜继续说道，你仔细想想，少了一只膝盖是多么悲剧。

医生开始揉捏她的腿，转动脚趾，搬弄双腿，这里戳一戳，那里看一看，还摸来摸去。她每做几个动作，就会对安娜提一个问题。大号黑框眼镜后面藏着她那母鹿般的眼眸。

安娜用单音节词做出回答，但是回答之后又问了许多问题，她向医生询问膝盖的必要性，不只是滑雪，而是在所有方面的必要性。走路会对膝盖造成什么长期的影响，以及年龄增长带来的膝盖磨损问题。

年轻医生不发一语，只是继续检查，她俯下身来，以便看得更清楚。她的金色长发从脸颊上滑落下来，她用手迅速把它拂到脖子后面。就在这时，安娜看到她孩子般的脑袋上缺了一只耳朵，那里本应有一只孩子般的耳朵。但那里只有一团柔软、模糊的皮肉，与安娜缺失的手指和膝盖是同一种情形。

别害怕，医生笑了笑。但安娜忍不住惶恐地盯着医生头上那少了耳朵的一侧。

在本应该长着耳朵的地方，没有任何受伤的疤痕，没有多余的肉芽，也没有因为天生畸形造成的扭曲的肌理。相反，那里是一片让安娜备感熟悉的、仿佛用修图软件处理过的光晕，那种世界在 Instagram 上、在脸书上、在上百个其他的社交媒体和百万种手机软件上将自己隐藏起来的痕迹——模糊不清的身体边缘，扭曲的胴体之下无迹可寻的骨头或肌肉，卡戴珊姐妹[①]在Instagram上修图失败的照片，这一切看起来更像是数字动画，而不是人类的身体。

医生继续查看安娜的身体，没有表示出任何要从专业层面关注安娜消失的膝盖或手指的迹象，而且事实上，她甚至都没有注意到自己消失的耳朵。她告诉安娜，他们需要做几项血常规检查，来确定到底出了什么问题。血常规检查能揭示很多问题，医生说。

比如少了什么器官？安娜满怀希望地引导话题，试图将医生引向某个答案。

不一定，医生说，血液检查只会告诉我们发生了什么——比如肥大细胞增生，或者有害脂肪过多。

后者在安娜听来像是对自己已经步入中年的身体的合理描述，甚至还有几分诗意。安娜坐在那里，把自己看成一团过剩的、缺了手指和膝盖的有害脂肪，而少了一只耳朵的医生则在继续说话，对她缺失的耳朵和病人正在消失的身体无知无觉。她开口她开口然后她说到了合适的鞋袜有名的足科医生，她填了一张表她递过来，告诉安娜把这张表拿到病理科做全面的血液检查。

安娜走出诊室，把表格揉成一团，扔进了接待室的垃圾桶里。她理了理裙子，回家了。

---

① 即柯特妮·卡戴珊（Kourtney Kardashian，1979— ）、金·卡戴珊（Kim Kardashian，1980— ）和克罗伊·卡戴珊（Khloe Kardashian，1984— ）三姐妹。三人曾多次因在 Instagram 上发布过度修图后景物扭曲、身体部位消失的照片而受到大规模的批评与嘲笑。

12

汤米开合的嘴唇之间，一小粒米饭粘在泛黄的牙齿上。安娜紧盯着他，直到汤米不再结巴。他有些事必须告诉他们，他说。

他站起来，走进厨房，往玻璃杯里倒了四指深的威士忌。他举起酒瓶示意，问泰尔佐和安娜要不要来一点。泰尔佐和安娜摇了摇头，于是他回到餐桌边。

他坐了下来，小口呷着威士忌，继续往下说。直到现在，他才搞清楚，弗朗西到底遭遇了什么。不仅是母亲账户里的钱不够，家里的财务状况也很糟糕。

泰尔佐说感谢上帝他们还有父亲留下的资金。

汤米用两只手握着面前的玻璃杯。仿佛他已迷失在海洋之中，而杯子就是他的指南针。

这不过是所有麻烦事的冰山一角，汤米终于发话了，并把剩下的威士忌一饮而尽。他用一根手指擦拭了嘴唇，干咳了一声。他说，九年前，弗朗西去了银行，准备料理一些她的身后事。一位理财顾问劝她把所有的养老金一次性取出来，投入到某种更赚钱的银行理财产品中，这样她就能获得三倍的收益。弗朗西照做了，结果六个月后那笔钱分文不剩。什么也没了！

为了偿付各类账单，汤米继续说，弗朗西开始以她的房子为抵押向银行贷款，这种反向抵押贷款的锁定利率很高。在这之后，原本没有任何负债的弗朗西开始背负沉重的债务。更糟的是，她的财务状况已经快要来到一个临界点，他已经算过，只要她再活一年，剩余的资产值就不足以偿还不断累加的利息了。

汤米说，考虑到方方面面的因素，如果他们再不采取对策，母亲很快就会无家可归。他能想到的唯一办法是把家里的老房子卖了，还清债务，然后把剩下的一点点钱存起来，不管怎样，这样做更实际。他拿起一只信封，上面潦草地涂写着一些数字。都在这里了，他说，如果你们想看的话，我过一会儿可以给你们看。而且我大概还是往少了估算的。

他逐项列出清单，展示如果换一个新的、数额更小的贷款项目，每年需要偿还多少钱：利率、保险金、水电费、日常生活开销。然后他算出三年的总费用，差不多需要二十万澳元。他不知道泰尔佐所说的母亲日后的护理计划需要花多少钱，但至少也要一年三万吧。这样算下来，加上之前的二十万，他们总共需要将近三十万澳元——或者更多。

而这一切，汤米总结道，只是三年而已。

13

泰尔佐叹了口气——少见地表现出了一丝无奈——随后他说，他能贡献二十万，他说他觉得这只不过是花点钱而已。安娜想，比起汤米这位失败画家兼业余龙虾捕捞者，这更像是作为风险投资人的泰尔佐会说的话。

安娜觉得，泰尔佐和她自己一样明白，汤米身无分文。她觉得自己别无选择，只能补上剩下的十万块。但其实她也拿不出这笔钱。她还在偿还她在波茨角①新买的那间公寓的房款。这

①悉尼市中心一个繁华的地区。

只是她要还的几项债务之一：还有她成为事务所合伙人要尝付的欠款，她买特斯拉时的车贷，以及在莫鲁亚①海边一座小房子的贷款。

但她有信用卡。她没有现金，实际上她一无所有，而且她一直在给银行更多的钱，用来购买一个让她觉得越来越贫乏的人生。但她可以再借一些。她已经背负着这么多的贷款，再来一笔又有什么大不了呢？

如果说他们遇到了麻烦，那么他们现在有解决的办法了——尽管这实际上不是最完美的办法，但它的确是可行的。

14

坐在一起的几个人开始了阴郁的自省。汤米把餐桌收拾干净，走进厨房泡茶。

虽然安娜和泰尔佐现在回到了他们所认为的真实生活——那种广阔自如的生活里，然而安娜明白，他们真正要回到的地方是他们手机里的狭窄空间，那个唯一不被人打扰的个人生活，那个完美的孤独所在。她开始查看信息和邮件。各种文章、网络热图、新闻消息的链接。据估计，在大火中死去的动物数量有五亿到数十亿之多。一位气候学家说，难以想象的是已经发生的是可以预见的是，澳大利亚人将在他们自己的土地上成为气候难民。安娜想发点积极的东西，她拍了张自己穿着新凉鞋的照片，那是她在悉尼机场买的。"新鞋子！"她写道。海水温度的上涨速度

---

① 澳大利亚新南威尔士州南部的一个小镇。

相当于每秒钟有五颗原子弹爆炸。

她不断滚动、刷新着屏幕，感到有趣或者生气，然后转而变得更加惊惶或焦虑，但与此同时，她却感到，本该是打算让他们和母亲保持距离而花的钱根本没有达到他们期待的效果；这些钱让孩子们和母亲身体正在衰败的事实更为紧密地绑定在一起，紧密得超出了他们的预期。安娜觉得，这仿佛是母亲身上那受挫的鬼魂正在索取它遭受背叛的补偿。

15

离开汤米家，安娜叫出租车司机把她送到霍巴特北部郊区的威灵兄弟餐厅。她点了一杯加冰块的法国茴香酒，这是她从麦格那里学来的习惯。她独自坐在那家小餐厅里，盯着平底玻璃杯里的冰块。最终，她给麦格打了电话，告诉她最近发生的事，她说到她将如何用十万块摆脱每隔一周就要回一次塔斯马尼亚的义务。她从来不喜欢她长大于斯的这座岛，当她还是个年轻女孩的时候，她觉得塔斯马尼亚可能会掐灭她真正实现自我的希望。

麦格说，她都理解。

安娜说她年轻时拼尽全力想要逃离这座岛，但它总是不断把她拉扯回去，就像一场糟糕的恋情。

麦格说她已经听安娜说过许多次了，她不需要再说这个了。

安娜说，我只是想找人倾诉，麦格。

麦格说，她明白，她明白。

安娜觉得她极力想要告诉麦格的不只是她的人生故事，在这个故事的核心（假如她能找到这个核心的话），还有她自己的心灵所系。她的人生对她自己而言就是一个谜团——如果连安娜自己都对其一无所知，麦格又怎么会明白呢？

麦格说，她很抱歉，但第二天她必须在早上六点半到现场准备开会；她必须参加。

安娜一惊。她感到沮丧：每次她想要讲述、塑造并以此逃离自己的生活的时候，她都发现这生活是如此微不足道，只消几句让人失望的话就能让这个话题匆匆结束。

过了一分钟，麦格结束了通话，安娜感到孤独、被人抛弃，再次陷入举步维艰且束缚重重的境地。

16

安娜晃动着杯子里渐渐融化的冰块，她心里清楚，她刚刚告诉麦格的一切既是真实的，也是不真实的。尽管她采取了对策，她还是会一次又一次地回到塔斯马尼亚，而且每次见到母亲的时候，她还是会感到一股激荡的情绪占据她的内心，她必须尽全力不让自己的身体如草叶一般剧烈地战栗。在她努力平复情绪的时候，她会一直静静地站在母亲床边。言语无法形容这种阔大的情绪，而当她坐下来抓住母亲的手，听着母亲的呼吸并凝视母亲饱经沧桑却出乎意料地美丽的面孔之后，她体会到的是与之前的心情完全相反的宁静与宽忍，而这种体验也同样无法言说。

所有这些，也是安娜觉得自己无法向麦格充分诉说的人生故事的一部分。

这些感受和安娜渴望逃离的心情缠结、交织在一起，让她不禁怀疑自己所理解的爱实际上不过是恐惧：她害怕被人认为是一个没有良心的人，害怕暴露出自己不会爱他人的缺陷。她不理解的是，爱一定要公开展示出来吗？只有这样才能让爱成为爱吗？

他们千方百计想要母亲活下去，费力寻求超出常规的医学干预，摆出一副无法反驳的样子，付费购买各种服务，以及，特别是他们决定付清几十万贷款的那个夜晚——他们所做的这一切，并非因为他们感觉不到这些关于爱的惶惑，而是他们想要借此摆脱这种感觉，难道不是吗？

她把杯子举起来，喝完最后一口茴香酒。这时，她注意到自己的另一根手指——她右手的小拇指，也消失了。

17

回到宾馆，安娜既没有思考，也没有试图感受，只是发疯一般地在手机上搜索"手指缺失"。没有任何她想要的结果。"膝盖缺失"。也没有。"耳朵缺失"。仍然没有。她还搜索了"不见"和"消失"。一无所获。她感觉自己仿佛喝醉了酒，跌跌撞撞，但当她想要扶住近处的一张桌子或椅子的时候，却发现那里并没有任何东西可以支撑。她在推特上打出一个问题："有没有其他人注意到身体器官会忽然……"但显然没人会应和。这才是重点。没人注意她。没有任何人注意。即使医生也没有。只有她的母亲，这位或许有些疯癫的老妇人会把安娜看成一个受尽折磨的人，而非一件东西或一种类型。安娜删除了她打出的句子，切换到新闻的页面。在她喝酒的时候，无数物种在火灾中永久地消亡，甚至连蜜蜂都没能逃过一劫，火灾制造的烟雾正在向全世界飘散，一位政治家说，人们实在不该再把时间浪费在讨论气候变化上，而应该采取行动适应并修复这种变化。但你还能怎样适应你亲自制造的谋杀呢，安娜边看一只猫的视频边想。真是这样吗？他们真的在努力"适应"他们自己的灭绝进程吗？

当时已是深夜，也许安娜的焦虑并无意义，但这些摧毁了她平淡绵延的日子的事件却越来越像是她每天活下去的理由。安娜对出租车司机说她不去宾馆了，快送她去医院。

18

安娜到病房的时候，戴维坐在黑暗中，弗朗西已经睡了，嘴唇一张一合，不出声地颤动着，偶尔做出古怪的表情，似乎她在睡梦中比在清醒时更有活力。戴维取下耳机，露出他游移不定、半悲半喜的微笑，和安娜轻轻拥抱。他和往常一样闻起来有点怪味，散发着微微的臭气和潮湿的气息。

她告诉戴维，和弗朗西坐在一起让她感到安宁，让她感觉很好。

你的头脑像一座花园，姑妈，戴维说。我的头脑则像是该死的阿勒颇①。

戴维有时就是这么搞笑。他说他有一些新消息要分享。他的

---

① 叙利亚北部城市，在 2011 年叙利亚内战爆发后遭受了严重的破坏。

女友丹娜已经怀孕快七个月了。丹娜不想让任何人知道，他说，因为丹娜有心理问题。她有双相情感障碍 ①。

他说这些的时候就好像站在所有声音汇聚的旋涡之外，那些声音让人震惊、害怕，它们充满敌意，在他破裂的意识中跳荡、翻滚——简言之，他说得好像他的精神完全正常似的。

戴维继续说道，现在丹娜状态不错，她心情很好，他们俩都很高兴。他们给她住在北部遥远的昆士兰的父母打了电话，告诉他们这个喜讯。

安娜问，他们也告诉他的父亲了吗？

戴维那脆弱的信心崩溃了。不，他不记得了。他觉得他应该告诉汤米。他应该这样做吗？对，他觉得自己应该这么做。他要告诉父亲。或许明天就说。

解决了这个问题，戴维的幽默又回来了。戴维有着上佳的乐观态度，极度天真，而且贴心得讨人喜欢——从他的角度来看，这一切都很不错。

但安娜不能如此乐观。她同情汤米这个可怜的弟弟，他在生活中经历了榴霰弹爆炸一般的摧毁后，总是不得不收拾残局，当那些不安稳的声音回归、戴维再次生病的时候就是如此。

戴维找到另一张蓝色塑料椅，让安娜和他挨在一起，坐在弗朗西的床边。戴维常常因为吃了某种新药物，在紧张不安和十分健谈的状态之间切换，那天晚上，他滔滔不绝——他谈到将要出生的孩子、丹娜的健康问题，但谈得最多的是 Netflix，他最近订阅了他们的服务。戴维说，Netflix 让他很容易打发时间。安娜猜

---

① 即一种躁狂状态与抑郁状态交替发作的精神障碍。

想，没有工作也不可能找到工作的戴维和丹娜大概有很多时间可以打发。

戴维说，他们已经狂欢两个月了。他们看了 Netflix 上他们能看的一切，那些电视剧就像给成年人看的睡前童话故事，丹娜觉得看看这些有助于孩子在出生前的心理发育。

但最近他注意到了一些问题：所有这些电视剧都好像按照某种谜题或游戏的模式运作，一些更新的剧集甚至完全遵循游戏的蓝本，其中的一切都有着整齐的套路，一旦你发现了它，就会觉得它很好玩，很有趣。他知道这是怎么回事。溜溜球也是这样。还有陀螺和《愤怒的小鸟》。还有几种安娜没听说过的电子游戏。他说，他发现有时情节的关键点快要结束，一切都尘埃落定的时候，你的期待会突然落空，或者被剧情狡猾地欺骗。故事开始变得像被精确运算过的算法一样，它带你冲向一个结局，但同时那也可能是你再次点击类似剧情的开端。

没错，他理解了有些东西不过是娱乐而已。或许大部分东西都是如此，那也没问题，戴维想。只是，如果这东西没什么实际意义，那在他看来就不够好。他马上就要做父亲了，他需要更多的东西。或许他本来就疯疯癫癫，但他仍然需要更多东西。也许他正是因为疯癫才愈发需要这种东西。

因为，他想要知道，当他做爱的时候，他到底知道些什么——对不起，安妮姑妈，但安娜知道他想说的意思是什么；他在大笑、大哭的时候，在风吹进窗子的时候，在疯癫像蛆虫一样蚕食他的头脑的时候，到底体验到了什么。难道故事的目的不正是要让我们接近那些无法在其他任何地方得到的东西吗？他说。

当然，这并不足以让我们真正拥有那些东西。但或许，那些东西也拥有某种意义。

19

夜晚病房的暗淡灯光映出的阴影把她母亲那皱纹累累的脸庞凿成某种不再是母亲的模样，安娜想。从某个角度看，弗朗西强硬有力；从另一个角度看，她甚至像一名少女；再换一个角度，她的样子看上去完全不像人类，而像建筑物上的滴水兽①，仿佛她不只已经死去，而且已经死去很久了。

这最后一种景象让安娜如此震惊，以至于她忽然无心再听戴维的话了。她无法解释自己为何如此震惊，但此时的弗朗西仿佛不是一位母亲，不是那个顺从于孩子们各种需求的人，而是一个浑身怪味、发出噪音、不停制造排泄物的东西，一个本质上和安娜并无区别的东西。她努力想要说话，但每个字都成了把她噎住的石头。她转过脸去看戴维，他正盯着她，那双挂着黑眼圈、涂了黑色眼线的眼睛突然显得充满生机、神采奕奕，几乎有些诡异。

他就是一个走在沙漠中、快要干渴而死的人，戴维说，他根本不想看见一个写着"好吧"的标牌。他想要水。哪里有水？是的，他继续说，或许问题就出在这里。或许这是唯一的问题。难道不应该有某些东西至少可以提出这个问题吗？

对不起，安娜低头看着手机说。然后她看向别处。

---

① 即雨漏，指建筑输水管道终端被雕饰成动物或鬼怪模样的喷口。

20

在 Instagram 上，数千只最具代表性的鸟——深红玫瑰鹦鹉、黑凤头鹦鹉、漂亮的小鸣禽——在大火中被烧死，被潮水冲进大海，接着又被冲上沙滩，无数尸体和一层又一层潮湿的黑色灰烬融为一体。有人对这个曾经美丽的国度表示哀悼，有人说这是物种灭绝事件。有人转发，有人在推特上发布新内容，有人发消息问另一个人，你在手机上看到什么了？空无，一切，空无。

21

她看着侄子。

他说的是，他只想朝屏幕尖叫着问出一个问题：这到底有什么意义？

她看了看母亲。

总有些什么意义？意味着一切？还是什么意义也没有？

她看了看弗朗西的嘴唇，它们一直在颤动着，安静地吐出一些字句，仿佛她在跟窗外的女巫和君士坦丁大帝说话。

什么？

第七章

1

　有天晚上，安娜躺在床上，在黑暗中盯着手机看了半分钟。鸭嘴兽濒临灭绝琴鸟濒临灭绝威尼斯再次遭遇洪水一场巨大的沙尘暴正在向悉尼移动。南部的一座海滨小城早上八点一片漆黑，只有一片怪异的红光，当红光到来，你知道你必须离开，一个人说，警报响彻整个小城，宣告火灾即将来临。脸书上，一只烧焦的考拉正在尖叫。她正考虑要不要打开 Instagram，她讨厌 Instagram，她算是 Instagram 的深度用户吗？她不能继续这么做了，她把不安分的手指从手机屏幕上拿开，放到自己胸口上。她不安地感到，有什么东西消失了。在本应是乳房和乳头的地方，她什么也没有摸到。

　她伸出一根手指在胸部侧面摸了摸。她摸到了左侧的乳房，然后是……然后……什么也没有了。往上摸，往下摸，她急匆匆地、惊慌失措地来回摩挲。那里什么也没有！

　她走进厕所，打开浴室白得刺眼的灯。她脱下背心，站在镜子前。她向左转，向右转。最后她正对着镜子。她盯着自己，看了很长时间。

2

又来了：和之前一样消失的器官。这次也是一样，不痛苦无须解释①，只是又有什么被涂抹掉了：皮肤、肉体、记忆。那里留下了些什么呢？——一片模糊，没有伤口，也不是肢体，而是另外的某种东西。

一定发生了什么事。也可能没有。很难说，也许是什么重要的事，也许不重要。两根手指，一只膝盖，现在她的右胸也消失了。

对于这些消失，安娜已经变得习以为常，她总是第一时间考虑外观上的后果——会不会有人注意到？然后她才想到这些部位缺失引起的实际功能方面的困难。

就她能想到的情况而言，少了一只乳房绝不会造成什么无法克服的障碍。虽然她能感到，这样一来她的身体平衡受到了轻微的干扰，但穿上衣服，她就能掩盖自己少了一只乳房的事实。到了夏天，情况可能会更麻烦一些，但这是她目前最不需要担心的事。

她开始大笑。

她不知自己为何要笑。在安娜看来，少了一只乳房这件事无法解释地滑稽。她曾在跑步的时候想象，最终她能摆脱胸罩，摆脱钢托、无钢托、提拉、聚拢、塑形、固定和填充；从被人打量、揉捏、渴望、吮吸，经历 X 光检查和活检，受到嫉妒与嘲

---

① 原文为 "no pain, no explanation"，是对英文俗语 "No pain, no gain（不劳者无获）"的戏仿。

笑，下垂、干瘪、摇晃的命运中解放出来——不，它最终只是乳房本身，而不再是被人类身体赋予意义的器官。

不管怎样，安娜想，重力开始夺走她曾经无须多言的骄傲，而近来，她因为这只乳房和它旁边那只乳房的下垂而感受到另一种愈发沉重的感觉。

去他妈的，安娜想，她转过身去不再看镜子。她希望自己消失的那只乳房可以获得快乐和自由，并决定暂时给它留下的空洞里塞点袜子，立誓要看一看药房里会不会有什么神奇之物来治愈那些因为更悲惨的原因而失去了乳房的人。

因为还有更可怕的事。

首先，这不是癌症。第二，在遭遇一系列器官消失事件之后，安娜不再惊惶或恐惧，而是以一种冷漠甚至置身事外的兴趣来看待此事。

唯一让她惊奇的是，她对自己如此麻木的态度本身也没什么太大的反应。

3

于是安娜的生活就像往常一样继续。她的某些器官不见了，但没有任何人注意到，甚至连医生也没有发现。假如他们根本没注意到，又怎么会在乎？如果没人在乎，她自己为什么要在乎？安娜想，或许在这所有的事情中，有一种奇特的慰藉，即使她还没找到合适的言辞，来形容那到底是什么样的感受。在接下来几周里，她努力把注意力集中在母亲身上，不去想到底有什么消失了。她告诉自己，这些念头都是自私自大的。

在思考这些事的同时她发现，一个奇异的等式占据了她的思绪：假如母亲能活下去，或许她自己就不会继续消失了。毕竟，弗朗西的存活只会证明一点，那就是坏事总能通过人为努力变成好事，自然之力总会屈服于意志，而且他们的意志将在一切事情上取得成功。

胜利的结果使人更有信心，用泰尔佐的话说，这几周他们开始准备出售老房子。某个周六早上，安娜到母亲家里帮忙，她尽力不去想汤米那无情的样子——他一箱箱地搬空东西，表明这个房子即将清空、等待出售。她把心思放在打扫而不是丢弃东西上，但她在所有的角落都能碰见一些本来没有理由丢掉的东西——考拉形状的番茄酱瓶子，雕花玻璃制成的调味瓶，曾装过弗朗西亲手做的柽柠果酱和杏子酱的罐子——但它们最后还是被丢掉了。

你还记得那种气味吗，安妮？她把罐子给汤米看的时候，他这样问。弗朗西舀出大团热乎的、带糖浆的杏子涂在面包上，你还记得吗？我现在仍然能尝到那种味道。

但安娜不想回忆起吞咽果酱时的惊讶，还有它散发的充溢了整间房子的夏季芬芳。屋子的污浊和邋遢程度也很让人惊讶。或许因为来母亲这里太多次，汤米似乎没注意到这一点。他倒空橱柜和抽屉，仿佛他不是一个外来者，而是这个家的主人，他找到几条藏起来的巧克力，大部分都过期了。他大笑着指着一些老鼠的排泄物，它们标记出老鼠在冰箱下面的庇护所到弗朗西座位下方之间一段短短的距离——她的食物掉落在那里，而老鼠们就在此聚餐。

　　弗朗西一直维系着一整……整个该死的生态系统，汤米说。*看到这个景象要消失了，我很难过。*

　　安娜说她看到这个景象就很难过。

　　她看不见任何东西了，汤米说。*她的视力很糟，并不清楚自己住在什么样的环境里。她也不让我或者任何人帮她打扫。我想她很习惯这里。*

　　但对安娜而言一切都很糟糕。这里的气味，那种老年人的气味，这很糟糕。母亲曾经厌憎的灰尘现在到处都是，有的成簇、成团，这很糟糕。纺织物和毯子都磨损了，一切都破破烂烂的——厨房凳子的腿摇摇晃晃，煎锅底部变形、把手松脱，电热水壶的电线从塑料皮里露了出来；打不开的窗户，关不严实的门。还有厕所的臭气。这一切令人难以忍受。弗朗西和霍利结婚后定制的床曾是他们彼此抚慰并孕育生命的处所，霍利曾在上面焚烧落叶，现在那里却只剩下垃圾。床的一侧是一堆用过的纸巾和发臭的手帕。母亲最完好的那些餐叉餐刀和陶器摸起来也十分油腻，还常常沾着一些难以清除的食物残渣，它们凝结在餐具上，转化为经年日久的、变硬了的污垢。弗朗西看电视时坐的那只扶手椅的两只扶手都已发黑，因为她总把甜茶洒在上面。

　　这一切都很糟糕，等他们清空、打扫干净并整理好这间房子，它就不再是一个家，而是一处房产，一个周末就可以卖掉。剩余的资产再加上泰尔佐和安娜各自拿出来的七万五千元，他们就这样匆匆买下了郊区的一间小公寓，还雇了一位木匠，在泰尔佐的监督下，工人迅速搭建好了斜坡，安装了栏杆，浴室也装上了坐式淋浴设施。

然而，这是头一次，这家人感到他们的意志和资源都不太够用了。

4

弗朗西出院回家的计划一开始推迟了一周，接着又推迟了几周。原本预期的康复进程被一系列持续不断的恶化、感染、溃疡和短暂的这里或那里的瘫痪打断——问题延绵不绝，从未停止。这些重大的"缺陷"——几个孩子如此称呼这些问题，仿佛它们还有逆转的余地——总是反过来不停被渺小的好转迹象抚平，尽管每次好转之后，母亲的身体状况总是倒退到比之前更差一些的状态。

就这样，母亲一次次地往返于医院、康复中心、安宁病房①和医院。在医院里，她从普通病房转到透析病房再到普通病房，然后又去了康复中心，接着转移到安宁病房，然后又回到医院。这样周而复始的轮转成了一种固定模式，就像是一种生活方式，他们会彼此祝福，重复着泰尔佐的那句话：活着就是生活！

但就在这期间，弗朗西似乎不知怎么跳过了从独立生活转向完全无法独立生活中间的那个环节，猛然间变得太衰老，太羸弱，太无力，太虚弱，太神志不清，太依赖他人，总而言之，对她而言在家里独自生活变得太难了。汤米清楚这一点，安娜也是，但泰尔佐不再谈论这个事实：她永远不可能独自生活了。这

_____
① 为疾病终末期病人特别设置的病房，向病人提供临终关怀与护理服务。

么长时间以来，他们总是不愿承认这个发展趋势：弗朗西只会越来越依赖医院，哪怕在医院里，她也越来越离不开全方位的护理。没人愿意看到——更不愿承认——弗朗西正在步入死亡，这一进程已经持续了很久。

就好像这些麻烦还不够似的，雪上加霜的是，几个月前，就在安娜提出要拿出十万澳元帮助母亲后不久，安娜家里的钱也开始渐渐消失了。

安娜总是每两周取出一沓二十澳元纸币，每次五百澳元——这种做法很老派，她知道——并把这些现金放在厨房某个抽屉里。这一小沓现金消减得十分迅速，快得有些不对劲，于是她开始记账，记下她出门购物或社交娱乐会花掉多少钱。每次她都发现有一两张纸币不翼而飞。后来是四五张，甚至更多。

是格斯拿的。

她心里明白。她不知道为什么格斯要这么做，而且她对麦格说不是格斯干的。

麦格说，就是格斯，他肯定拿去吸毒了。

只是几块钱而已，根本不可能有那种事，安娜说，格斯不会这么做，而且也的确没有这么做。他这么做一定是因为抑郁因为这个时代因为有害的男性气质因为房地产市场因为千禧一代的绝望情绪因为电子屏幕因为太阳黑子活动，以及，她在更低沉的那些时刻会认为，因为她是一个失败的母亲。

麦格说，你说这么多，意思还是这就是格斯做的。安娜回答道，根本不是。但她们俩都知道，就是这个意思。

5

现在安娜开始每隔一周取一千澳元出来。她依然花掉同样数目的钱。现金也依然比她的实际花费减少得更快。被偷走的金额越来越大，她假装自己的确花了这么多，而格斯也假装他压根没偷什么钱。

她想了想，又猜测了一番。好吧，她推想格斯一定是不得不用钱，但又出于自尊心而不好意思开口。安娜觉得她很能理解那种自尊心，甚至对此有些欣赏。

或者，这只是她用来说服自己的借口。

没过多久，其他东西也开始陆续消失：两只钻戒，其中一只很值钱，另一只是她的母亲送给她的，不那么值钱但对她而言非常珍贵，还有一条金项链和一对银耳环。这种消失现象越来越无法掩饰。她收藏的唯一值钱的画作不见了，那是一幅布莱克曼[①]早期的作品；接着是一把古董椅子；还有她的卡地亚坦克系列腕表，那是格斯的父亲在他们的婚姻状况还算不错的时候送给她的。她并不想念格斯的父亲，但她很想念那只腕表。

格斯比以往更少待在家里，这么说的意思是，安娜觉得他虽然置身家中，但整个人都心不在焉。他读完了学位，但告诉她自己依然在补习一些课程——她也不明白这到底是什么意思，因为她也从没问过——而且安娜觉得他可能不想让她干涉。他像一个吸血鬼那样活着，整日待在自己的房间里，睡到很晚才起来，午夜时分吃东西。

---

① Charles Blackman（1928—2018），澳大利亚画家。

然而，安娜注意到，每次偷完钱，格斯都会变得更加友善、更加温柔、更加善解人意，还会主动打扫厨房，甚至坐下来和她聊天。因此对她来说，纵容格斯撒谎、对他偷钱的事视而不见并相信他的谎言，是一件有回报的事。通过这种古怪的方式，他们的家庭生活终于稍微不那么紧张了，仿佛这些偷窃行为是一种诡异但必不可少的润滑剂。但安娜同时觉得格斯也在变得越来越少，她发现同样减少的还有他的欢乐、笑声和闲谈。

格斯也在减少。

6

在格斯很小的时候，他还不满六岁或七岁时，安娜的丈夫已经离开，她成了一名自由职业者，在她悉尼的新家中工作。在她用高额贷款买下的位于莱卡特区①的排屋里，她在其中最小的一个房间里工作，房间内配备着当时建筑行业的必备工具——带有直尺、三角尺、量角器的绘图桌。在桌子对面的墙上嵌着一扇放在桌锯上的门，作为用来陈列各种图表的另一张桌子。她没钱雇人看孩子，在这个遥远而陌生的城市又得不到家人的帮助，格斯只能一连好几个小时都自己玩耍。

她决定把工作间的门关上，这样他就不会进来打扰她了。但过了一阵子，他开始时不时敲门，会走进来说出一百种敲门的理由，有的是真的，有的是编的。他说他需要她帮忙打开电视、上厕所、穿衣服、吃东西。她的确会帮他解决这些事，但不是以格

① 悉尼郊区的一个小镇。

斯期待的那种方式，那种投入了时间与爱意的全心全意的方式。不，她态度强硬，热衷于展示自己的恼怒，因孩子的幼稚任性而羞辱他。她必须让他明白，她只会像处理工作一样处理电视、厕所或者他穿衣、吃饭的问题，而不是出于爱。爱有时间限制，到了时间之后，这种爱就会回到他们各自的互不打扰的世界。

她应付完格斯后会再次把门关好，此时她载着设计思路的列车已经脱轨，被灵感或有待解决的问题激起的小小兴奋已被一种无可言说的强大情绪破坏。她知道，如果她把门打开，会发现在她人生中没有任何人会等她的这个时期，格斯会坐在门外的地板上等她。他有时会从门缝塞进来几张纸条——上面画着母亲和他在一起的样子。在这种时候她觉得自己快要崩溃。他单方面的爱吞没了她，压制着她，几乎让她发疯。她会不由自主地站起又坐下。她站起、坐下，然后决定不再起身。最终她又站起，并让他进来。

对于她唯一的孩子，她强烈的情感几乎令她无法承受，甚至让她惊骇不已。她明白，她会为了他放弃生活中的其他东西。然而，她毕竟不是，也不可能只是为孩子而活，他们两个不可能有另一种生活模式。她知道自己已经做到了当前处境下一个女人能为儿子做出的一切，而她也知道这对他来说还不够多。过了很久之后她才意识到，这一切对她自己而言也是不够的。但的确没有别的办法了。唯一的可能是，这个骄傲而充满野心的女人不得不舍弃一些东西。这种时候，她的工作和生活会变成一种折磨，她会开始厌恶儿子。她明白她必须让他体内的某些东西碎裂，这样他们俩才能继续生活。别无选择。与之相比，打他几下或许还算是个没那么残忍的办法。她敦促他成为一个大人。过了一段时间，她带着莫大的宽慰和愧疚发现，他的确成了大人。

但有时，她会感到崩溃，求他原谅自己。有一天，她坐在自己给一个购物中心大厅绘制的设计图前，试图为这个项目注入一些独特性、一些有设计感的元素、一些能量和光，但它最终仍是一个平平无奇的购物中心大厅。她紧紧抱住格斯，抽泣着对他说，她不懂为什么会这样。

他盯着她，把一只胳膊从她的怀中抽出来向上伸展，绕到她脑袋后面把她抱住。他的小手力气不大，安娜却觉得那仿若巨大的压迫，它抚摸着安娜仍旧饱满的双颊、惊骇的眼睛和长了皱纹的额头。安娜认为可怕的不是他的抚摸表达了任何评判，而是其中包含着的一些关于他们两人的事实。她感到自己已被毫无希望地绑缚住了，只不过她才是那个弱者，被绑缚在强者的身上。但不管怎样，孩子审视着她的敏感和脆弱，这本身带来某种美妙的抚慰。

她让他待在她的房间，在那里给他安排了一把儿童椅和一张咖啡桌。她继续设计装修方案，绘制学校教室或公司办公室的翻新示意图。而格斯，仿佛在模仿一般，静静地独自画着他的那些楼宇，他心中的"家"的无数种不同版本，里面有一个高挑的女人和一个小男孩，两个火柴人站在家门外露出笑脸。他画好后给她看，想获得她的称赞，引起她的关注，但她能给他的回应也只有那么一点。这一切都有些不对劲，她觉得这种感觉就像一种生理疼痛——呼吸困难、胸口发紧、全身乏力、愈发强烈的眩晕——但她也知道这种不对劲的感受不是来自她的内部，而是来自外部，来自那个比她自己大无数倍的东西。她和格斯都不得不忍耐这种巨大的压力，或许只有这样他们才能生活下去。她的确生活下去了，但格斯没有，直到如今她才明白这一点。

7

如果她想得太多，她就会想到……除非她努力不过多地想这些，或者根本不想，否则只要她稍稍想到这些问题，就会被一股难以承受的眩晕席卷。

她只想尽力站稳。

然而有一天，受到麦格的刺激之后，她作为母亲的自责感忽然爆发。她敲了敲格斯卧室的门，走了进去，准备告诉他，她早就知道他偷钱的事。她甚至能理解他的做法。

但他不能再继续这么做了。

坐在电脑前的格斯转过身来。她这才发现他的鼻子消失了。

8

忙碌起来也有一些好处。三周后，一家人确信弗朗西再次恢复了体力和认知能力，甚至还胖了一点，而在布加勒斯特召开的关于可持续建筑和气候变化的研讨会临时邀请安娜做主题演讲。她打算答应。在坐飞机去罗马尼亚之前，她取出现金，把厨房抽屉里的纸币补足，在格斯的房间门口和他道别，接着又去霍巴特探望弗朗西。

正如她愈发奇妙的思维方式让她可以相信格斯没有偷钱、而这些钱的消失还会带来一些好处那样，在医院时，她忽略了那些插管、点滴和各种机器，忽略了护士们不断检查、测量、监测的忙碌身影，她可以相信母亲不仅正在康复，而且正趋于完全健康。

她从霍巴特飞到墨尔本，又从墨尔本飞到新加坡，十二小时后，她即将登上去欧洲的飞机之际，手机里弹出一条来自汤米的信息。

妈病得很重，严重的败血症。最后不得不用了抗生素。医生说必须停止透析。完。

她打开 Instagram、脸书和推特，只用三根手指握住手机并不容易。她读到："我看到鲜活的灰烬飘撒在街道。我看到一棵树被点燃。除了火苗几乎什么也看不到。我们需要更多人来捍卫这座城市。我们很累，但还能坚持。但我们毕竟在这里！爱与我们同在💪🖤。"仿佛一条一九五六年在布达佩斯发出的信息被翻译成了表情符号。她只有三根手指的手开始感到疼痛，她换了只手，给汤米打电话。他们已经通知家属赶到医院了，他在电话里说。打完电话，她又切回原来的页面，让自己不再去想。停电了，她读到。所有的路都被封锁。我们被孤立了。每一条路上都是倒塌的树木，没人为之战斗。黑色大屠杀。如果弗朗西马上就要去世，她大概无法继续坐飞机去世界另一端了。

又来了。泰尔佐以前会开玩笑地说。

9

安娜没有坐上飞往布加勒斯特的航班，她一路穿越鳞次栉比的商店回到乘客休息室，途中接到了泰尔佐打来的电话。他刚给母亲的肾脏科医生打过电话，医生明确地告诉他，透析本应拯救生命，但在某个时刻它已开始摧毁生命。他告诉泰尔佐，他认为这些新出现的并发症说明透析早就已经超过了那个临界点。他们实在无法心安理得地继续给病人做透析了。他们也不建议把病人送到重症监护病房，他们认为她应该去安宁病房。

也就是说，她马上就要死了，泰尔佐说，此时他的声调变回了那种愤怒而高昂的美国白人的音调，安娜总觉得他会用这种声音招揽客户。泰尔佐唏嘘了一声，说他无法相信这位专家如此傲慢。难道他以为他是上帝吗？他真的这么以为吗？

后来泰尔佐反复争辩说母亲必须活着，他几乎耗尽了全力。当他最终请求安娜——那个精疲力竭、不知所措、再次感到挫败的安娜——一定要让她在悉尼的那位善良而又高明的肾脏科医生朋友确保弗朗西能继续做透析，安娜同意了，尽管她觉得这已经没有什么意义。

10

安娜第二次给这位在悉尼的肾脏科医生打电话时，他却一点也不显得善良又高明了。他的声音几乎有点可怕。他说，最近他葡萄园里的葡萄被那个该死的蠢货酿酒师他妈的糟蹋了。他嘟囔着说，他必须尊重霍巴特医院肾脏科团队的意见。他不应该再插手了。

说完这些他就挂了电话。

安娜喝下两杯双份伏特加和苏打水，才给泰尔佐发去这个坏消息。

一个小时后泰尔佐打了过来。医院最新的消息是，弗朗西的情况趋于稳定，她已经脱离了危险。情势正在好转，安娜可以继续出差了。泰尔佐和一个中国矿业公司接触后，以获得的资源为筹码和州长取得了联系，同时他以一种得体而隐晦的方式表示，他能让这个矿业公司为他们政党的竞选资金慷慨贡献一笔钱款的可能性提升些许，而捐赠可通过与该公司无关的企业完成。他还顺带提及母亲仍然不够稳固的健康状况，以及医院对于透析不愿让步的态度。

就这样，通过已有的关系来寻求其他的关系，最终找到双方同意的互惠互利的办法，通过关系通达的人的联络，当天那位资源部长和卫生部长通了个电话。卫生部长又吩咐一个手下和医院首席执行官打了个电话。在医院一个不起眼的走廊里，首席执行官和肾脏科医生打了个招呼。又一次，事情办成了。

11

安娜本来取消了去欧洲的行程，订好了回澳大利亚的机票，但现在她不得不取消回澳大利亚的计划，再订一张去欧洲的机票。又经过二十七个小时断断续续的飞行和中转之后，她终于落脚在布加勒斯特的一家酒店，这时外套口袋里的手机振动了一下。是汤米的信息。

她没有查看信息，却打开了推特，后者她尚能忍受。无处可逃的四千人聚集在沙滩上，消防员拉出一条警戒线保护他们。有人发动态说沙子不会燃烧。那时是早上，甚至还不到八九点。一些图片中，灰烬如暴风雪一般撒落。如此厚重的烟尘让你无法看清马路对面。四十九摄氏度。时速九十公里的大风。消防车响起警报时，所有人都必须待在水下。这片土地如此广阔，但它的人民却被迫退到海中。当火焰的红光逼近，那就是他们仅有的选择吗？她转发了一篇关于伦佐·皮亚诺[1]的文章。

12

她关掉软件，呆呆地看着手机屏幕，依然没有读汤米的信息。她把手机扔在床上，走下楼去，站在酒店外面刺骨的寒冷中，头顶是潮湿、冷硬的天空。她向等在路边的出租车司机借了一支烟，她上次抽烟还是十几岁时。这支烟抽起来让她觉得必需而亲切。

她用夹着烟的手指了指酒店对面，问司机那个巨大的废墟是怎么回事。那是一幢拙劣模仿古希腊建筑的大楼，钢筋混凝土已经坍落，用来加固的钢条已经生锈，于未完工的平面、建了一半的多立克柱[2]里伸出来，大楼已被街头涂鸦覆盖，长满了潮湿的

---

[1] Renzo Piano（1937—　），意大利建筑师。
[2] 古典主义建筑的三种柱式之一，其特点为柱身粗壮、风格简单而雄劲。

杂草。

司机用磕磕巴巴的英文解释说，这栋楼建了还不到五十年，是之前的一个独裁者① 为了满足个人爱好而下令开工但没能修完的工程之一，还有类似的几栋未完工的楼散布在布加勒斯特各处。齐奥塞斯库倒台后，政府既没钱把它们修完，也没钱将它们拆除。没人知道该把它们怎么办。于是它们就待在那里，如同狰狞的巨兽，几十年过去，它们就像一个又一个摇摇欲坠的深奥谜团。

安娜想，这种废墟和古代世界留下的废墟恰恰相反，古代遗迹促使你想象古人生活其中、使用那些设施的样子；眼前的废墟却从未被使用过——它们从一开始就是废墟，在投入使用前就被废弃了。它们仿佛象征着一种从未谦卑、异常傲慢的姿态。浮夸的设计毫无美感可言；它们令人感到深深的压抑。她想起阿尔伯特·施佩尔② 的废墟价值理论：这一吸引了希特勒的理论认为，一个时代的强大实力体现在它的废墟也能经得起一千年的考验。她开始琢磨这些观点，并为之感到困惑。

我原来在叙利亚是一个建筑师，出租车司机说，但在这里，在布加勒斯特，我是一个出租车司机。

安娜端详了他一会儿。他很好看，尽管打扮得并不起眼。他那有裂口的黑色皮大衣太大了，安娜猜那是他从别人那里得到的。

你觉得这是他们的过去，他说，但也许这也是你们的未来。

---

① 此处指尼古拉·齐奥塞斯库（Nicolae Ceausescu, 1918—1989），罗马尼亚政治人物，1974 年起出任罗马尼亚首任总统。
② Albert Speer（1905—1981），德国建筑师、纳粹德国装备与军火部长。

这句话是洞察、侮辱，还是真相？烟才抽了一半，但她最后用力吸了一口，把它扔进了排水沟里。

接着她上楼回到房间，打开汤米的信息。

"又一次中风。重度。晴空① 很严重。汤米。"

13

接着是：出租车、机场的乘客休息室、摆渡车、自动步道、电梯、排队、飞行和继续飞行。最后，她终于来到霍巴特机场行李传送带旁的电动门，门打开后，她走进这个早晨，天空碧蓝得令人难以置信。在她七十八小时前刚刚离开的病房里，晨曦令人目眩的光线投在一张空荡荡的床上。

14

她的第一反应是可能发生了最坏的情况。

15

安娜带着复杂的情绪听一位护士告诉她，他们的母亲正在重症监护病房，恢复得不错。她一边穿过医院的走廊，一边琢磨着"恢复得不错"是什么意思。人们说话时的用词非常随意。还在

---

① 原文为"cpnfoyon"，是汤米在紧张、焦虑的心情下用手机二十六键位键盘打字时，部分字母错位造成的对"情况（condition）"一词的误写。

倒时差的安娜疲倦不已地想，当然，弗朗西还在继续接近死亡。但她从没完全死去。

这样的想法令她对接下来眼前的景象毫无准备：被单从某种线框般的东西上垂下来，实际上那是母亲瘦骨嶙峋的身躯——母亲几乎完全不是她记忆中母亲的模样了。安娜叫她的名字。这个痛苦、憔悴的生命侧卧着，没有出声也没有动弹。

一个护士推着医用推车进来，开始一边大声地用一种欢快的语调和弗朗西说话，一边把酸奶和碾碎的药丸混在一起。

这是一场漫长的战斗，护士说，但你真的是一位战士。不是吗，福莱太太？护士把手伸到弗朗西身下，扶她坐起来。

护士的动作出人意料地轻柔，几乎让安娜觉得，她不该目睹如此亲密的一幕。护士似乎不像安娜那样对床上这个衰朽的生物感到抗拒。然而安娜毕竟是病人的女儿，而护士只是个陌生人。为什么护士能对弗朗西这样亲密，她却不能？为什么一个陌生人能有这样的同情心，而她作为女儿却如此冷漠？

但这陌生人的确做到了。

福莱太太的吞咽能力有了很大的进步，护士说。她让弗朗西坐好，仿佛她是母亲而这位老妇人是她生病的孩子一般。她舀了一勺调好的奶状药物，把它喂进弗朗西的嘴里。我们是不是在进步，福莱太太？

她又舀了更多的奶糊递到弗朗西张开的嘴巴前面。

安娜问护士，母亲现在到底在吃几种药。护士放下手中的酸奶，看了看床头的表格，回答说十七种。安娜问，十七种正常吗，安全吗，护士答道，所有的药都是必需的，否则医生就不会开这些药了。

护士转过身去，继续把混着药物的奶糊喂进弗朗西嘴里。安娜能看出弗朗西在努力地配合，用尽全身的每一分力气让脑袋保持在某个角度，嘴巴张开着。她舔舔勺子的样子像一条衰老的狗，颈部长长地松垂着的皱褶羸弱而不受控制地起伏着，完成这不得不进行的动作。

安娜问母亲感觉如何，这时弗朗西才抬起头来，她的双眼令人难以置信地大而凸出，仿佛两只受惊的笼中动物打量着面前冰冷的世界。安娜惶恐地看着母亲干裂的嘴巴轻轻开合，悲伤地微微颤动，像一只失明的幼鸟正焦急地等待喂食。

然而她什么也没说。

她没法说话，护士抬眼看了看安娜说，中风就是这样。

护士脸上的笑容忽然扭曲了一下，紧接着又恢复成一个微笑，安娜看见她的双眼闪烁着光亮。一时间，两个女人凝视着彼此，她们能理解对方的感受。安娜觉得整个房间都在震动，周围天旋地转，她心中无可名状的情绪如此难以抵抗。她不得不看向别处，结束那个对望的时刻，结束这种震动和旋转。

然后她再次看向护士说，谢谢你。此时一名护工走过来，带弗朗西去做扫描检查。护士离开了。

安娜挥着手对母亲说再见，她看着病床被推进另一条无尽的走廊，意识到，无论是她还是那位护士都无法向任何人解释，刚刚那个奇特的时刻所包含的深远意味。只要再过一会儿，甚至只是一瞬间，他们就会完全忘记那个时刻，忘记彼此，仿佛那广阔的情绪从未在她们心头涌现，什么也没有发生。

的确什么也没有发生，但这一切也的确发生了。

16

第二天去机场的路上，安娜顺路拜访了汤米。也许汤米本意是想安慰她，但听到他说"弗朗西的确经历了美好的一生"时，安娜实在感到生气。

难道汤米的意思是，女人本就该像母亲那样一辈子待在盒子里，还要为此感到开心？

汤米说他不是那个意思。安娜问，那他到底是什么意思。汤米没有露出尴尬的神色，只是说，他觉得弗朗西在她所拥有的东西中找到了意义。

安娜问，他是说母亲作为一个家庭主妇应该心怀感激？她开始愤怒地断言，那根本不算是像样的人生，但这时她意识到自己又一次陷入她和汤米从还是孩子时就发生过的争吵了。具体的争论细节一直在变，但根源性的对立一直存在。让她吃惊的是，他的观点和她一样根深蒂固，其内容却与她完全相反，而且他也和她一样坚定不移。当她遇到一个无法说服的人，她并不想试着从他的角度看待世界，只是为他的世界与她的不同而深感愤怒。

或许，安娜不屑地说，汤米对母亲人生的评价不是出于她的人生本身，而是为了让他心安理得地接受自己的失败？她停顿了一会儿，忽然感到自己是一个多么可憎可鄙的女人。

她的怒气并没有影响汤米。她记得孩提时代，他身上就有这种冷冷的固执。他问，如果他们每个人都只是在自己的盒子里呢？她待在她建筑行业的盒子里，泰尔佐待在他的生意里，而他的盒子就是画画。

17

于是姐弟俩发现，多年以来，每次他们见面、凝视彼此时，他们之间的距离似乎愈发遥远、愈发令人悲哀。这让他们双方都感到困惑，而且只会让安娜对弟弟更加恼怒。

安娜说她的盒子比弗朗西的盒子好多了——汤米的也是。泰尔佐的盒子也是。

汤米说他不确定。她真觉得在建筑事务所做合伙人让她感觉更好吗？

安娜说，是的，他妈的确实如此，谢谢你这么问，汤米。另外，她认为他们的生活并非一个个盒子而是一个个选择，但弗朗西又有什么选择呢？她甚至无法打扫干净她自己家里那该死的橱柜。

然而汤米和以往一样无法赞同安娜。不，他说，他看到的是一个女人找到了真正适合她的生活方式，也找到了她的价值所在，至少在他看来是这样。他并不想推荐别人也过这样的生活。根本不是。但他认为母亲的人生是一场凭借意志克服险阻的胜利：她从未让自己的艰难处境成为人生的障碍。她所经历的并不是一个公平或合理的人生。但那毕竟是属于她的人生。

安娜反驳道，那算不上一个美好的人生。

人生又是什么呢？汤米问。

哦该死的，安娜说，我们是自由的，但弗朗西从未自由过。
她说完就离开了。

18

但当弗朗西想要死去的时候，安娜想，当弗朗西想要掌控自
己的身体的时候，她那追求自由与解放的女儿却用她那可爱的残
忍，把母亲推向了再强悍的意志也无法逃脱的牢狱。

19

后来每个人都接受了弗朗西必将继续存活的事实，而弗朗
西已经有几周时间不能说话了。直到这时，弗朗西才近乎奇迹般
地——用泰尔佐的话说——适应了这个模式。这是泰尔佐在电话
里得意地告诉安娜的话。

她的弟弟告诉她，每天早上母亲会坐直身子，她已经瘦小
得像一只小鸟。然后她会要一杯茶喝。在泰尔佐看来，母亲的行
动失能仿佛只是她任性的孩子气。泰尔佐告诉安娜，既然弗朗西
现在还确凿无疑地活着，她只能接受她的家人不愿让她离开的事
实。泰尔佐的语调中包含了一种惊奇，仿佛又一个经历了资产剥
离的公司获得了重生。

你能想象吗？泰尔佐又说了些别的。她现在可以坐起来，喝
一杯该死的茶，而在此之前，她已经好几周没说话了。

20

那天周末，安娜回到霍巴特，和往常一样问候母亲，问她感觉怎么样，并准备了一些她自己需要回答这个问题时通常会说的答案。她吃惊地看着弗朗西结痂的嘴唇颤动着，嘴巴挤出一个满是皱纹的微笑，她仅有的几颗发黄、残损的牙齿和那颗金牙慢慢显露出来，接着她用干瘪沙哑的声音含混不清地说：见到你我感觉好多了，姑娘！

21

一切正在结束的东西同时也正在开始，所有的故事都大同小异。每天晚上她都要在手机上读几条《纽约客》或《名利场》发布的关于怪胎特朗普的睡前故事——这些报道写得象是新闻，但已经不再属于现实，而是成年人的童话故事，它们凭借一套固有的节奏和千篇一律的套路让她快快睡去，然而她每一次醒来都觉得比之前更加焦虑。在戴维发布的吸血鬼图片下面是一则神父被关进监狱的故事：泰尔佐认识的一位老同学提供的证据把神父送进了监狱，但泰尔佐向来说那人的话不可靠。神父的另一位律师则驳回了神父强迫一个辅祭男孩口交的指控，认为这只不过是一起再普通不过的性侵案件。怎么可能？安娜想。大火摧毁某个地区两周后，另一场大火再次侵袭，烧毁所有已经被烧毁过一次的物件。怎么会这样？

第八章

1

她单薄而苍白的嘴巴做出类似亲吻的动作，这绝望的姿态来自一具再无法协调完成最基本的面部和唇部动作的躯体。仅存的不过是充满惊惶的绝望。安娜把一只手放在母亲的小臂上，她再次感到，她的手似乎魔法般地穿过母亲的肉体，直接握住了母亲的骨头。弗朗西的身体所剩无几，仿佛一切都缩成了松弛的褶皱，挂在她的骨架上——她的睡袍、戒指，还有她那如冬天被风吹到枯树上的衣服一样的皮肤。

安妮，姑娘，她气喘吁吁地说。过了半分钟她才说出下一句。她把头抬起来，离开枕头。她用粗哑的声音说，求求你。求求你，姑娘，别让我再受折磨了。

安娜望着弗朗西，母亲似乎只是出于生命的惯性或疲惫才继续勉强存活，至少在安娜眼中是这样。安娜头一次意识到母亲脸上的疮痂，皮肤像烧焦的纸片一般干枯脆弱，如同即将碎裂、飘散的烟尘。似乎是因为别人不让她完整地死去，于是她身体的各个器官就开始各自逃离——蜕皮、剥落、瓦解——这就是它们挣扎的方式。弗朗西的喉咙干咽着，嘴巴大张，其下是她拉长的下巴，浅浅地覆盖着一层卷曲、粗硬的白色胡须。

安娜在弗朗西的卫生用品中找到一只镊子，用它拔掉母亲的小胡子。弗朗西好像明白安娜在做什么，她把脸抬起来，坚定、执着、一动不动，像黑夜一样安宁，在安娜拔掉胡须的同时，她仍在用力地吞咽和呼吸；但镊子在颤抖，无法停止地颤抖。

我已经走到终点了，弗朗西小声说。她继续吞咽，做出怪相，接着又恢复原状。我想离开了。

安娜等着母亲说出下一句。但她已经说完了。弗朗西的脑袋又倒在枕头上，眼睛闭了起来，仿佛刚刚说出的那些话——仿佛仅仅是开口说话——就已经让她耗尽了力气。

可怜的弗朗西，她把正在持续的康复进程和死亡混为一谈。她没有意识到，在她的生命尽头，其实根本没有尽头，只是一场混乱的、根本算不上生命的生命之旅。她没有理解孩子们想要她活下去的决心。假如她理解了，她或许会害怕这种判决甚于害怕死去。安娜继续用镊子拔去母亲的胡须，但镊子一直在颤抖，不论她多么努力，都无法稳住自己的手。

2

据安娜所知，那是弗朗西最后一次开口说话。安娜不太成功地为母亲拔去胡须后，当晚，弗朗西就发生了小中风[①]，她在接下来的一周里又遭遇了一连串小中风。这样看来，弗朗西那几天忽

---

① 即短暂性脑缺血发作，是局部脑组织血氧供应暂时中断时出现的一系列症状。与中风不同的是，小中风的持续时间较短，且会自行缓解。

然开始说话，大概是一种回光返照，而非好转的迹象。或者，安娜后来想，弗朗西并不想好转，她用尽仅剩的力气开口说话，只是希望孩子们能听懂并依从她的心愿，让她死去。

每一次新的衰病都让弗朗西的情况愈发恶化，但泰尔佐要母亲活着的决心却愈发坚定。以前他只在发生紧急情况时才坐飞机来塔斯马尼亚，但现在他几乎每周都来，有时只待几个小时，有时待上几天。他执着、细致地了解母亲的治疗方案和服用的药物，不断和医生探讨，敦促医生，在必要的时候强烈要求护工用另一种方法照顾弗朗西，而当一位不幸的医生将泰尔佐的这种方法称作"激进干预"时，泰尔佐回应说，他认为这叫"为了让母亲活下去而给予足够的照料"。

就这样，他们的母亲活了下来，不管现在活着到底意味着什么。整件事就像是一场疯狂之举，或许那就是一个疯狂之举，或许他们每个人都在某种程度上不太正常，安娜想，她和汤米正是这样一次次地重复着泰尔佐关于"胜利"的胡言乱语，直到他们俩也同样相信了这一套观念，或者至少，他们都拒绝了任何其他方案。在这一共同的幻觉中，他们把新近发生的一连串小中风欣然当作某种胜利的体现，因为弗朗西毕竟没有死。然而，这些病征不断积累之后，造成了一个极具摧毁性的结果：弗朗西偏瘫了。护工开始每个小时给她翻身一次，以防生褥疮。

3

接下来几天，安娜唯一能做的就是在一旁看着弗朗西，有时在弗朗西做透析时坐在身旁陪着她——机器呜呜作响，弗朗西皱缩的面孔扭曲得更厉害了，那露出的神情介于冷酷的坚忍和无止无休、让她总是疲倦不已的痛苦之间。

在这几天，安娜注意到护士们跟母亲讲话的时候，常常把她当作一位年轻的奥运选手，而不是一个生病的八旬老妇——她的呼吸、吞咽或翻身动作都是她个人的最好成绩，是非凡的勇气、耐力和意志力的成就。

今天你的呼吸好多了，弗朗西，她们会这样振奋地说，或者高兴地告诉她，她刚刚那个翻身做得真好，尽管实际上护工刚刚才像对待一具残骸那样粗暴地搬动她虚弱的身体。有时她们会称赞她吞咽得很好——吞咽是未来有可能恢复语言能力的预兆，因此也成了一桩值得大加赞赏的奇迹。

这些动作不仅可与奥运选手的成绩相媲美，安娜想，甚至比那些成绩更加令人惊奇。无论是因为这种强大的意志力，还是因为得到了医疗服务，又或者只是由于运气，母亲的状况虽然并没有真的有所改善，但毕竟足够平稳，没有什么继续恶化的迹象，这让几个孩子都认为这本身就算得上一种胜利。

安娜数了数弗朗西现在每天吃多少颗药——二十一颗，当她想到这件事，她觉得，一方面六颗显然好过十七颗，十七颗好过二十一颗，但重要的是，二十一颗也总比母亲不在了好。因为一切事物都比死去更好，战胜死亡就是意义所在——就是唯一的意义所在。

因此，弗朗西现在必须每天都用尽全力，继续着看不到尽头的进程。假如为了活着，弗朗西必须每天像奥运冠军那样努力地吞下二十一颗药，那么，好吧，那她就只能如此。假如只能像一条狗一样活着，这不也依然是活着吗？毕竟，活着不是总比死了好吗？

4

接下来的两个月，母亲渐渐地——虽然只是局部地——从中风后遗症中恢复过来，先是能活动身体，接着四肢也一个接一个地可以动弹。但她依然没法说话。最终，她能正常地活动双手了，医院给了她一个字母板，这样她就能用一根手指指出一个个字母，痛苦地拼出一些单词，从而和人交流。

安娜坐在母亲床边，记下每一个字母，直到她明白母亲的意思，然后她会重复那个词，等弗朗西点头或摇头，以确认安娜是否正确地理解了她的话。

是　我们

这些词常常含混不清，有时是一些需要费心破解的变位词①，有时是逻辑混乱、意义晦涩或者令人完全看不明白的句子，甚至更糟的是，有时句子莫名其妙地能够说通，但就是毫无意义。

眼睛　到处

有时安娜读出一些句子，母女二人都笑了起来。弗朗西逃不过这些笑话，但了不起的是，她能理解这个笑话。

她　上帝　给

有时安娜猜想，这些句子是否就是母亲的那些错觉，她透过窗子看见的那些景象，又或者是药物引起的恐慌。大部分时候，

---

① 指把某个词或句子中字母的位置加以改换，从而构成新的词句。

母亲只拼写了一会儿就累了，干脆把手放在身体一侧，脑袋转到一边，留下一个瘦削的、兽类一般的侧影——和安娜记忆中母亲丰满的脸颊如此不同——弗朗西的身影深深刻印在一个竖起来的枕头上，接着她昏睡过去。安娜在母亲沉睡的脸颊上发现了一种全新的、完全无法解释的凶暴神态，它既是揭露，又是控告。

她俯下身去帮母亲摆好字母板；与母亲靠得太近时，安娜感到有点反胃，近来一直如此。弗朗西散发着那种积存了许久的腐败物的气味，仿佛打开了一个瓶子，里面装着某个浸泡在福尔马林中的泛黄的生命体，比如一只死去很久的青蛙或一只胎死腹中的小羊羔——散发出药和排泄物的气味。但安娜坚持着，凭借着耐心和某种可怕的执着，敦促母亲一醒来就继续用字母板与人交流。字母板让弗朗西沮丧，她一次次指着同样的几个字母。

T. E. L. M. E. G. O.

安娜问母亲，是"告诉我走"①的意思吗？弗朗西的面部表情毫无改变。她的手指在字母板上方颤抖着，再一次四处戳动，这里、这里还有这里。安娜大声念出每个字母，直到她读出一个成形的词。

L-e-t，她说。"让？"她问。

安娜仿佛看到弗朗西点了点头。弗朗西的手指再一次指向几个字母，徘徊着，她的身心仿佛在努力协调着完成一个无比艰难的任务。

M-e，她又说。"让我？"她问。

弗朗西似乎再次点了点头，接着又举起了摇晃的手指开始指

---

① 原文为"tell me go"。

示字母。

G-o，她说。"走？让我走？"她问。

母亲的手放下了。

"让我走？"安娜重复道。这是你对我的请求吗？

在弗朗西偏瘫的脸上出现了一丝颤抖，一下古怪的抽搐，仿佛她的嘴唇被缝了起来，而那缝合的线头突然拉紧又立即松开，接着又再次拉紧。

让你走去哪里，弗朗西？安娜问。

弗朗西毫无回应。安娜又问了一遍：让你走去哪里，弗朗西？你想走去哪里？

安娜发现弗朗西正盯着自己。

但你会好起来的，妈妈，安娜微笑着说。

母亲依然牢牢盯着她。安娜弄不明白那眼神到底是惊诧还是惧怕。

生活还会继续。安娜说。

字母板跌到了地上。

活着的耻辱，安娜想，只会越来越多。

5

第二天，她原计划要乘中午十二点半飞往悉尼的航班，结果航班因为悉尼的火灾烟雾而延迟到下午两点一刻，接着又推迟到了下午五点五十分，最终在晚上八点五十五分才起飞。登机后，安娜跟她邻座的女人开了一个关于这场漫长等待的玩笑，随后二人开始了轻松愉快的交谈。

这个女人名叫丽莎·夏恩。她比安娜年轻许多，大概是三十五六岁的样子。她把黑色长发梳成了蓬松的马尾，还戴着一只鼻环，她穿着布隆德斯通牌[①]工装靴，橄榄色的亚麻裙裤和酒红色套头衫。她散发着一种散漫而零乱的魅力。丽莎是一位科学家，正负责一个拯救橙腹鹦鹉的政府项目。这种鸟在野外存活的数量已经不足二十只。

安娜问，她是否已经令这种鸟免于灭绝，丽莎·夏恩回答说，这并不重要。它们可能会灭绝，当然也可能不会。但是没有，他们没能阻止这场灭绝的进程。

乘务员推着饮料推车走了过来，丽莎点了金汤力，安娜想也许她也该点一杯。她们举起小小的塑料杯彼此致意。

你能想象吗，丽莎·夏恩说，她端着塑料杯，指着窗外的云层说，比这只杯子还小的鸟有可能飞到那么远的地方？它们并非生来就有这种能力，不像那些了不起的剪水鹱、燕鸥、杓鹬或塍鹬，可以每年从北极和西伯利亚跨越大半个地球飞到塔斯马尼亚来，然后又飞回去。相比之下橙腹鹦鹉只是样子更漂亮的虎皮鹦鹉，是依靠后天努力的斗士。

接着她慷慨激昂地描述了每年春天，这些飞行的小茶杯——她这样称呼那些鹦鹉——从澳大利亚大陆向戴维港[②]迁徙，那是塔斯马尼亚最偏远的地方之一。丽莎的话无意中触碰了安娜隐秘

---

① 澳大利亚鞋类品牌，总部设在塔斯马尼亚州的霍巴特。该公司最知名的产品即澳大利亚式无鞋带、长及脚踝的工装靴。
② 位于澳大利亚塔斯马尼亚州西南岸的海港。

的内心深处。那些小小的鹦鹉飞越几百公里汹涌、开阔的海面，战胜了许多可怕的风暴、涡流与天敌，克服了沉重的疲倦，最终回到它们的出生地，在塔斯马尼亚的荒野中繁育后代。

而且每年春天，丽莎补充说，这些鸟儿都在减少。

6

丽莎·夏恩呷了口酒后放下杯子，望向窗外，迷失在沉思中。

她忽然转过头来，把安娜吓了一跳。她的目光尖锐得出人意料，仿佛她一瞬间就脱离了自己之前的遐思。

安娜，她说，你知道马辛娜的故事吗？

丽莎忽然投来的锐利凝视和她提及的这个名字令安娜感到一股强烈的不安。她莫名地感到，仅仅是被人看着就让她不自在，许多她先前以为自己不会再有的感觉再次向她袭来。

丽莎·夏恩开始讲述，那是很久以前，大概在十九世纪三十或四十年代——安娜正仔细倾听——马辛娜或许是戴维港的最后一个土著，她的父亲是部族的酋长。他们的部族已经在那里生活了四万年。白人把她从她父母手里夺了过来，把她变成了一位黑人公主，一个玩物，一种象征，一座奖杯，后来他们又把她抛弃，那时她的家人都已离开了人世。

安娜感到一股骚乱般的困惑在心中涌现，她的脸轻轻刺痛了一下。

你能相信这种事吗？丽莎·夏恩说。

安娜微微低下头，片刻间对自己笑了一下，接着那笑容消失了，她的嘴唇坚定地紧闭着，然后她摇了摇头。

是的，丽莎·夏恩撇过脸去看向窗外，她自己也不能相信。不管怎样，马辛娜的族人烧毁了草原，只留下星星点点的草地和森林，那些小小的鹦鹉就以种子和湿地的莎草为食，马辛娜本来会生活在成千上万只橙腹鹦鹉中间。但原住民打了败仗，少数幸存者被掳走，焚烧也停止了，丛林继续延展，草地开始缩减，种子和莎草也随之减少，这些鸟也早就开始了消亡的历程。但其实，没有什么会自己消失。不是吗？屠杀马辛娜一族，毁掉那些草地、种子和莎草。毁掉那种美。还有灭绝的鸟类。丽莎·夏恩说，她曾想过很多这方面的事。我的意思是，这些消失是有些人促成的。

一九四二年八月，她祖母一家人在维尔纽斯①被逮捕，立陶宛警察搜查了他们藏身的整栋房子。维尔纽斯有许多犹太人，因此有"北方的耶路撒冷"之称。但即使这样，那里的犹太人也消失了。

当时她的祖母还是个孩子，一个警察看见她蜷缩在床下，放过了她。他只是转过身去离开了房间。但他们还是带走了她其他的亲人。她再也没有见过他们。那天晚上一位修女在那里找到了她，或许是警察告诉了修女，或许不是，她永远也不会知道。她被藏在修道院里活了下来，并于一九五六年来到了墨尔本。

安娜问，为何那个立陶宛警察会一面这么做，一面又杀害其他人？

丽莎·夏恩又要了两杯金汤力。她说，也许她的祖母只是另

---

① 立陶宛首都。

168

一个马辛娜吧。

她用塑料棒搅动杯中的金汤力，晃动冰块，轻轻呷了一口，又继续晃动冰块，目光始终盯着手中的饮料。

7

她一边晃动杯子一边说，你知不知道，二十世纪三十年代末，他们本来在戴维港建立起了一个新的巴勒斯坦——一个"南半球的耶路撒冷"？塔斯马尼亚政府本来要把这座城市和整个塔斯马尼亚的西南部都给犹太人居住，让他们以此为家。听起来很疯狂，对吧？不管怎样，丽莎又呷了口酒，继续说，十月是最悲伤的月份。我一直这么觉得。每年迁徙的候鸟回来的时候。或者不回来的时候。每年都有更多鸟不再回来。少数飞回来的鸟也开始渐渐死去。甚至更糟糕的是，连那些为数不多的刚孵出来的小鸟也可能死去，呃，那是最坏的情况。反正对我来说是这样。

我们做了我们能做的一切，只为了让它们活着，但它们还是接连不断地死去。它们就这样接二连三地死去，每年我回到这里的时候都发现鸟儿越来越少。它们减少得那么快，以至于这个项目刚开始的那段时间看起来美好得像他妈的伊甸园一样，而当时我们还觉得那是一场危机。

有时她觉得这些鸟是因为怨愤而消亡的。它们为这个世界，也为这些人类拯救者杯水车薪的努力感到疲惫不已，所以主动选择了死亡。因为这个世界是如此蛮横地与它们为敌。

安娜说，她实在忍不住问，既然如此，为什么丽莎还要费这么多力气去救它们。

丽莎·夏恩回答道，或许是因为她自己也抱有某种怨愤吧，某种对这个冷漠的世界的怨愤。或者，也许她就像那个立陶宛警察，她不过是又一个良心不安的大屠杀执行者。也许小鸟就是她的马辛娜们。

她告诉安娜，她的姓氏"夏恩"[1]是意第绪语[2]"sheyn"一词的变体，本意是"美丽的"。她小时候猜想，她家族里的人一定是因为很美才被杀害。后来她长大了，发现这种理解非常荒唐。然而现在她感到困惑。早期白人殖民者认为原住民建在雨林和茶树林中的营地是美丽的——它们仿佛是出于审美趣味而建的。他们用的词不是"是"。不。而是"仿佛是"。她觉得这很滑稽。

她越是思考这个问题，就越是猜想，或许这是人类本就做不到的事：与美丽共存。美丽让人类无法容忍。真正消亡的不是鸟类、鱼类，也不是动物和植物，而是爱。或许这就是她真正努力要拯救的东西，趁它无可救药地消亡之前。有时她觉得，爱已经枯竭，就像遭受旱灾的河床。

她喃喃低语，这种爱。她像在河床里翻动一块石头一般想把这个词翻过来，看看它下面还有什么。这种爱。

但是，安娜望着丽莎·夏恩想，那下面什么也没有。

---

[1] 原文为"Shahn"。

[2] 德国及东欧地区的犹太人使用的语言，属于日耳曼语族，发源自用希伯来字母书写的中古德语。

8

之后，安娜向丽莎·夏恩讲述了她的外祖父的故事，每天早上他都跪下来，为这世界上的全部美丽感谢上帝，她还讲了他们几个孩子不让垂死的母亲离去的事，讲到这件事本身看起来很合理，但又让她觉得充满错谬，突然，安娜不知不觉地对丽莎讲起，她害怕的是自己从未真正活过。她害怕当她死期到来之时，心中却毫无恐惧。在巴斯海峡上方一万五千米的高空，她对丽莎说，她真正害怕的是自己从未活过。她必须重新开始，再一次从头开始，活着，但对上了年纪的人来说，这并不容易。

9

过了一会儿，安娜在飞机上睡着了。她梦见自己从一个窗口向下跌落，长出了橙腹鹦鹉那样漂亮的绿色翅膀，着陆时她的翅膀保持张开，就像屋顶一样。就在这时，飞机在悉尼机场着陆，安娜猛然醒来。她不自觉抬起手臂寻求平衡，然而让这幅笨拙的景象看上去更加笨拙的，却是她光秃秃的手腕。她恐慌地发现，她的整个左手都不见了。

我截肢了，她快活地对丽莎·夏恩说道，力图掩藏一些难以抑制的激荡情绪。

丽莎·夏恩说，我知道这可能很荒唐……但我总和志愿者一起清点每年春天飞到戴维港来的鹦鹉数量。

她从背包里拿出一张弯折了的名片，递了过来。如果你想出来透透气，就给我打电话吧。截肢者在我们这里更受欢迎——你不需要很多手指就能做这份工作。

座椅安全带指示灯熄灭后，安娜立即站起来冲进走廊，以免丽莎·夏恩看到她的真实反应——她只感到恐惧。除了麦格，丽莎·夏恩是唯一注意到她身上有什么不见了的人。

10

安娜从机场打车回家，当她望着车窗外悉尼深夜的车流，她的思绪开始流向她近来负责的一个建筑项目，她打算为这栋楼设计一个新的屋顶结构。这个新结构的灵感来自她梦见的那双让她飞翔的翅膀。她相信，这种以流线型飞入云端的结构将令建筑超脱自身，成为一处景观。这是她一直期望实现的目标。没错，她将把这句话用在给客户的演示报告中。她一到家就冲进书房，想在台式电脑上记录下她刚才的想法。

但她发现书桌上空空如也——那台昂贵的、能够运行 CAD 软件的顶级配置的苹果电脑不见了。

她退出书房，在房子里转了一圈。没有被入侵或破坏的迹象。她知道，只可能是格斯偷了她的电脑，但她拒绝承认——也就是说，她要把对格斯的信任作为她现实生活的一部分，作为她生活中，以及她和格斯的关系中的一个要素。

她没有报警。她不想告诉别人自己丢失了电脑的事，不愿让别人因为格斯从自己的母亲那里偷东西而谴责他。假如她相信真的是他偷了电脑，假如她赞同这个她不允许从别人口中说出的观点，那么，她就必须接受格斯的欺骗——他，她的亲生儿子，居然欺骗她，他的母亲。

这让她无法忍受。她的儿子的确有些问题，但安娜不愿相信他竟会欺骗她。

然而，她内心深处明白他在欺骗她，他一直在欺骗她，从此他的欺骗也会变成他们亲情的一部分。她会对别人说些关于格斯的谎言，或许她的谎言是为了同时掩护他们二人；她会一次又一次说谎，大谈电脑忽然消失的怪事让她多么迷惑，而通过这种怪诞、迂回的举动，她将为格斯带来他唯一可能感受到的慰藉：他的母亲也在撒谎，因此已经良心不安的格斯没必要再让自己感觉更糟。说真的，安娜这时觉得，这种谎言难道比她和弟弟为了说服并囚禁母亲而编造的谎言更恶劣吗？

只是安娜不太确定，格斯自己是否为说谎感到愧疚。她一点也不确定。难道他的生活，那种被他人限制也限制他人、被他人隔绝也隔绝他人的生活，真的是这个世界为年轻人提供的唯一生活方式吗？还是说只是因为他太懒了？因为他被宠坏了？或者因为他就是一只寄生虫？

她记得霍利站在车库敞开的卷帘门前，背对着车库里面的东西。被他堆起来烧掉的落叶散发出的油腻烟气萦绕着他，冬天静止的寒冷空气将烟雾压在低处，在发现棚屋里死去的罗尼之前。安娜想起父亲在发抖——她只记得这个画面——警车、救护车、周围聚集起来的邻居、赶来现场的神父，他们如旋涡一般包围着霍利，而父亲还在不停地发抖，似乎他那时就开始了从人世间消失的进程。她对这一切为何如此的问题没有任何答案，尽管她知道别人可能会对此有很多解释。但她没有任何答案，也就是说，事情就像她一直怀疑的那样：一切都是她的错。

<h2 style="text-align:center">11</h2>

安娜用她的卷烟机卷了一支大麻——只有一只手让这个任务看起来没有那么容易完成。她将它点燃，让她能度过那个晚上，第二天早上她又点了一支，让她能再挺过一个白天。她重拾这个年轻时的习惯，说服自己抽大麻似乎能令她感觉好一些。这能帮助她减轻手指的疼痛，至少是那些还没有消失的手指的疼痛。当麦格表示她不愿闻到大麻味时，安娜就坦诚地告诉麦格，抽这个让她浑身不再那么疼痛。她用仅有的那只手拂过自己的脸，仿佛在赶走一只飞虫。让她吃惊的是，她的下巴还在。还有她的鼻子！还有她的嘴巴！

这让她感到宽慰，无比的宽慰。

过了不久，在出门去达林赫斯特①的一家咖啡馆见一位朋友的路上，已经有些飘飘然的安娜突然摔了一跤。她在路缘石上踩空了一步。她的腿严重扭伤，于是跌倒在地。她赶紧伸出一只手臂支撑自己，但她的力气、反应能力和必要的反应速度已经离她而去。她像一个已经没有了生命的东西那样跌倒。

她的脚踝有两处伤口，前臂也有一处，她感到气恼，不仅因为医院根本没人注意到她缺失了的器官，而且因为她打破了自己原有的几条生活准则：其一是她不会生病，其二是她不会向

① 悉尼东郊的一个街区，聚集了许多购物与餐饮场所。

年龄屈服。

她告诉自己，这件事发生了，只是因为它的确发生了。她没告诉任何人她当时抽了大麻。她感到丢脸吗？好吧，是的。但不是因为她抽了大麻。大麻不能解释她为什么跌得那么重，她的骨头为什么那么脆弱，她为什么在想爬起来却怎么也爬不起来时震惊地发现自己是多么衰弱。不，不是这个原因。

让她觉得丢脸的是，她发现自己老了。

12

衰老的红灯已经亮了有一段时间了，安娜想。时不时地，陌生人对她表现出的那种对待年长之人的礼仪提醒她，她的确上了年纪：人们伸出手来帮她，在车上给她让座，这些举动的潜台词都让她觉得别有用心、令人厌恶。所有这些举动对她来说都只是一种侮辱。而当你真的接受别人搀扶或让座的那一刻，你就真的老了。她就是这么哄骗自己的。

与此同时，她开始意识到身为年轻人的活力所在——他们轻盈、自如，而且做什么都轻盈、自如——这些感觉都不再属于她了。

让年轻人都见鬼去吧，安娜说。

她意识到，年长之人一无所有，除了财产，但此时它们毫无价值，已经太迟了。然而一切都属于年轻人：首先是未来，其次是鲜活的身体，无论是他们自己的还是别人的。美好的皮肤、头发。他们还有希望、爱、信仰、抱负、欲望和好奇。

她想到这些永远不再属于她的东西，感到一阵头晕。

让这一切都见鬼去吧，安娜说，她点燃一支大麻，打算深深吸上一口。

13

但有的东西正像潮水般渐渐退去，让人觉得很多事情都不那么重要。安娜看着浴室镜子里的自己，她几乎认不出那个微微、只是微微驼背的赤裸的身影，那个神情悲伤，肌肉松弛，还缺了一根手指、一只膝盖、一个乳房和一整只手的女人。安娜想，眼前的这幅景象如果不算滑稽，也一定会让人觉得悲伤。她长久以来想要摆脱的那些感觉现在都消失了：突如其来的性欲，争强好胜的痛苦，卑鄙无耻的嫉妒。她的内心世界正不断坍缩，取而代之的是一个不断减少的进程——丧失之物和丧失本身，渐渐变得迟缓的自己和一切。她曾是好女人，谦恭的女人，坏女人，愤怒的女人，政治化的女人，热情洋溢的女人。

现在她只是一个恐慌的女人。

她曾为自己的身体感到骄傲——她身材匀称，能比别人忍受更长时间的旋转，紧身裙、无袖衬衫和高跟鞋在五十多岁的她身上仍然好看。她曾为自己的腿型、凹凸有致的身躯和这副身躯赋予她的权力而感到得意。当那个人们都告诉女人权力就是一切的时代来临时，权力成了她的信仰。压迫他人的权力，解放他人的权力，使人摆脱束缚的权力，这些都是她作为女人的圣杯。而现在她只觉得：权力是谎言，是陷阱，是幻觉。

让权力也见鬼去吧。

她想到丽莎·夏恩那头蓬松的黑发。她想到了比她小十岁的佐伊。她比安娜小十岁，扛过乳腺癌活了下来，但就在她治愈观察期满五年的那天，她在一场肇事逃逸中丧生。她曾爱过佐伊。谁又有权力决定这些事呢？

安娜上一次感受到事物的奇妙之处，是通过佐伊的身体。它在那里，就在那里，充满了重量和实感，如此直观，无限接受并给予触碰、抚摸，发出声音和气味，她想佐伊应该也有同样的感受。她永远无法忘记躺在佐伊怀抱中的时刻，那些两人共度的无比甜蜜的夜晚。

想到这些，她觉得自己真是个下流的老女人。如今她的爱欲和冲动不过是个古董柜，她只是偶尔才打开看看。这些回忆总让她流露笑意，有时她甚至大笑起来。她会说，那就是我。那曾是我！

她收到一个表情符号，于是她也用一个表情符号回复对方。

哈哈，一个朋友回道。

哈哈哈，安娜又发了过去。

朋友给安娜的消息标记了一个爱心表情。

钱既不在这里也不在那里，钱在中立的瑞士。安娜回复道。

14

盗窃仍在继续，安娜没对格斯提起这事，但她最终觉得自己必须和格斯谈谈他的懒惰和他寄生虫般的生活方式，还有那种在她看来总体而言拒绝生活的态度。如果她不哄骗自己的话，那她必须承认，这些迹象从好几年前就开始出现了。格斯曾是个快乐的孩子，后来又长成了个只是偶尔招人生气或惹人讨厌的活泼少年。但当他来到成年人的世界——或者说当他遭遇当今年轻人必经的各种东西：困境、迷惑、恐惧、茫然、失落、疯狂、焦躁——他没有赶上生活前进的步伐，而似乎表现出某种难以解释的退化。

他待在自己房间里的时间更长，也更不怎么打理自己了。他头发蓬乱，甚至非常邋遢，对收拾外表似乎毫无兴趣，仅有的朋友是那些他在网上认识的游戏玩家。上帝知道那都是些什么人——那种像安德斯·布雷维克[1]一样，轻则写下"白人至上"的民族主义宣言，重则策划一场大屠杀的家伙吗？还是一座劳动改造集中营里的囚犯，在白天漫长的采矿工作结束后，还要在《魔兽世界》里为他们的监狱看守赚取游戏点数？——不，光是想想就够离谱了，因此很长时间里安娜都忽略了格斯的种种行为，她忽略了一切，假装这不是格斯的问题而是她的问题——是她因为过高的期待、不切实际的野心和无法实现的希冀而产生的焦虑。

有些时候安娜甚至相信一切都还算不错。她可以忽视一次次偷盗，忽视格斯消失的鼻子，正如他忽略她不断消失的身体那样。有些时候格斯甚至会用一种温柔的语气和她说话，偶尔还会去厨房里帮忙，让安娜收获一些她未曾料到的贴心关怀——比如他会端来一杯热茶，或者主动去清理洗碗机，和她一起准备晚饭

---

[1] Anders Breivik（1979—　），挪威极右翼罪犯，曾策划了2011年挪威奥斯陆及其周边地区的几起爆炸、枪击案件。

之类的。

但这些贴心的举动已经有一周都没出现过了。安娜终于拄着拐杖挣扎前进，问格斯她书桌上的苹果台式电脑去了哪里。

他撒谎说他什么也不知道，她知道他在撒谎。他装得一点也不像。她问格斯他是不是需要用钱，如果他需要，只要开口问她就行。但格斯从不开口。他继续偷钱，而她也继续自欺欺人。

15

格斯让她大为困惑，与之相伴的是一股奇异的恐惧，就好像每次她和他待在一起的时候她的世界都并非真实，但他的世界——以及他拒绝投身于这个世界的态度和他明目张胆的偷窃行为——却是完全真实的。

她打量着他，想到她的儿子是多么英俊、聪明，因而更加困惑：她给了他这么多优点，但他为什么仍然没能成功？她没法理解。她现在只要求——虽然这些要求不见得能够实现——他能规律地洗澡、保持整洁，而且与她生活在同样的世界中，生活在那由她描画并命名为"家"的光鲜蓝图中。

但他连这些都做不到。

在他表面上展露出的脆弱与失败之下，是他体内深处的强韧和决心，每次他都借此将她打败。他越来越不加遮掩地偷窃，而这是他破坏母亲努力营造的家庭氛围的最后一击。她一想到这些，就对格斯、也对自己产生一股厌恶之情。一方面她只想让他消失、离开她的生活，一方面他们却无可救药地纠缠在一起，他的失败也变成她的失败，变成某种惩罚——但她到底犯了什么罪？

在安娜眼中，如果维系二人关系的那种东西算是"爱"的话，那么它也不过是一个可怜而矫情的字眼。一个愚蠢的字眼。一种深深地刺痛她、伤害她的陈词滥调。仿佛将他们俩绑缚在一起的是某种可怕的共有伤口，某种失败或崩溃；"爱"超越了任何一个字眼，同时伤害了母子二人，时不时地，她像真的感到某种肉体上的痛苦似的喘不过气来。这么长时间以来，她一直在编造那个关于她那帅气又聪明的儿子的故事，而他对这个故事给出的评价是：难以置信，毫不真实，简直是胡言乱语。

有关格斯的真相还没有定论，但揭示真相的证据——显然他是个懒惰、撒谎成性的小偷——指向了一个截然不同的故事。在她更年轻的时候，她会试图从权力的角度理解这件事，是一个故事试图压过另一个故事：仿佛他的失败是有意为之，只是为了证明她的野心和事业上的成功是多么空洞。

但她现在不这么想了。她想，或许还有更本质的原因：她对儿子抱有的想象本来就是彻头彻尾的失败。她想起了格斯的鼻子和她的手指、膝盖、乳房和手，毕竟从前她根本没料想到它们会消失不见。然而它们到底还是消失了，而且她此时已经明白，这些东西注定要消失。难道她所有的失败，都不过是重蹈覆辙？

她曾经渴望被称赞是一个好女人，一个成功的母亲——只要她有一个成功的，甚至哪怕只是正常的儿子，就能证明这一点。在某种意义上，她曾经为格斯做过一个恢宏的人生规划，但他就是没有长成她规划之中的样子。他的人生就像她在布加勒斯特看到的那些浮夸的半成品建筑的废墟，那些已逝独裁者的妄想留下的古怪遗迹。格斯：作为废物儿子的废墟理论。

16

安娜告诉格斯，只要他需要用钱就开口问她，她这么说是打算设下一个用来羞辱他的陷阱。她告诉他，她总是会把一点钱放在书柜里的那个音乐盒中，以备不时之需。除了她放在厨房抽屉里用来应对日常开销的钱，也就是格斯时不时偷走一部分的那笔钱之外，她现在又取出了两千澳元放进了那个音乐盒。

头几天里，什么也没发生。

安娜自己也不确定她为什么要费劲这么做。或许她只是想确认一下，想得到一个最终答复。她会把音乐盒里的钱拿走一些，接着又还回去，造成这笔钱的确在进进出出的假象。实际上她根本没花这些钱。果然，一个月后，五百澳元消失了。她再次把这笔钱补回原本的数额，那个古怪的哑谜又重新开始：她反复取出又放回音乐盒里的钱，而他反复偷窃，接着她又反复把他偷走的钱补上。

她觉得自己的心脏都要炸开了。这陷阱本来是要用来羞辱他，结果却让她自己感到丢脸。但她必须帮帮儿子。他已经二十六岁，没有工作，没有钱，没有人生规划，甚至对女人也失去了兴趣，跟上一个女朋友谈恋爱还是几年前的事。他对自己的性别并没有什么困惑，也不是同性恋；他不是残疾人，更不是难民营里的罗兴亚人、来自沙特阿拉伯的女人或朝鲜人。他曾表示他很焦躁。那是什么意思？他的头脑似乎陷入执迷，他生活在一个充满阴谋论和邪恶力量的暮气沉沉的世界；他相信，某种力量正把世界引向一场大毁灭。他十分确信这一点，并为此感到恐惧。这是他还抱有热情的少数话题之一。

有时她鼓起勇气踏入他房间昏暗窒闷的空气，看见他的背影，电脑屏幕的亮光勾画出他戴着耳机的脑袋，屏幕上各色各样的忍者跳来跳去，士兵们倒在地上，炸弹正在爆炸，还有通过枪管和步枪瞄准镜看见的世界。他用十字中心线对准另一些形象——圣战者、巨魔、食人魔、士兵、游击队员、半机器人，这些位居准星中心的人物永远只得奔逃、跳跃、猛冲、射击，他以一个力图毁掉一切事物的杀手、谋杀犯和毁灭者的视角看待这一切，而被他凝视的一切事物都在他那掌握着虚拟权力的手中灰飞烟灭。

他一直在持续不断地消失，但她还没有意识到这件事，直到有天早上她又敲了敲他的门，走进那个可怕的房间，那里弥漫着年轻男人山羊般的体味，凌乱而又无比昏暗。她下定决心，这次要和他彻头彻尾地谈谈他偷钱的事，还有那台电脑和他糟糕的生活。她叫了一声格斯的名字，他在电脑屏幕的亮光中转过身来。这时安娜发现格斯的一只眼睛和两只耳朵都不见了。剩下的只有一张嘴，还有一只莫名其妙地飘浮在面部正中间的眼睛，向她投来悲哀而空洞的目光。她听见厨房里她的手机在响，于是赶紧逃离了那个房间，没向任何人提起这件事。

第九章

1

她听见他舌头打结，像一个卡住的响板，卡在字母"t"上。所以，不管怎样，那的确发生了。安娜想。她挂了电话。

2

她需要缓一缓，需要停止思考、停止感受，她打开了一条新闻推送。一团巨大的火积云已在火灾上空七公里处形成，接着它变成火龙卷，掀翻了一辆重达八吨的消防卡车，导致一名消防员死亡。这时她手机响了起来，麦格抽泣着说她的弟弟打来电话，他那位于蓝山地区的小镇已经被灰烬笼罩，人们都准备逃亡，他的孩子们在浴池里降温，怀疑他们到底还有没有未来。麦格的弟弟不知道该如何回答，他虽是他们的父亲，但无法给他们一个肯定的答案，因为他也没有答案。他没有答案，而这种迷茫无知的感觉让他痛不欲生。

麦格继续讲着，但安娜正在看一个还不到两岁的小女孩：她独自站着，穿着白底天蓝色条纹的无袖连衣裙，一只手拿着吃了一半的巧克力饼干，另一只手抓着父亲棺材的扶手——她父亲是一名在救火中死去的消防员——仿佛那扶手是她父亲的裤腿，仿佛他还活着，还能保护她。麦格说再见小女孩拿着巧克力饼干一个政客说气候变化问题根本用不着证据证明一个政客说气候变化问题应该交由更高的权力机关处理一个政客比了个沙卡手势……一个政客！一个政客！又一个政客！一位消防员在新年前夜给母亲发短信：我爱你。我们已被火焰包围。消防车也着火了。

3

麦格？安娜终于回过神来——但麦格已经不在电话那头。她又给汤米打了电话，做了自己以前从未做过的事：她在弟弟吞吞吐吐的时候打断了他。

可怜的妈妈，安娜听见自己的声音压过了汤米。

这句话让汤米把事情一股脑地说了出来。

不是妈妈，汤米突兀地告诉她。泰尔佐。

汤米说，他们的弟弟一大早出门骑车。在一个十字路口，一辆卡车不知怎么回事把他撞倒了，还把他连同自行车一起在路上拖行了一百米远。医院认为泰尔佐死于卡车的撞击。

4

第二天，安娜又一次紧急乘坐航班来到塔斯马尼亚。她和汤米一起去医院告诉了弗朗西这一悲痛的消息。他们几个因为泰尔佐的坚持而共同维系着母亲的生存，然而现在死去的人却是泰尔佐。钱既不在这里也不在那里，钱在中立的瑞士。安娜望着弗朗西，她很清楚当天母亲的心思也不在这里。但没人知道弗朗西的心思到底在哪里。苏黎世？马拉喀什？火星？

实际上，母亲衰败的器官根本承受不了他们强大的意志和他们凭借这种意志要求医院采用的先进技术，她日益堵塞的肺部和日渐沉重的心脏已经无力抵抗这些压迫。他们可怕的善意衍生为重重缠结的管道和无止无休的折磨——透析机、喂食装置、氧气插管、各种导管和挂满了一袋袋镇静剂、抗生素、补充剂等用以维持生命的液体的输液架，让弗朗西被痛苦牢牢绑缚。噼啪、嘀嗒、嘟嘟作响的机器记录着已经不算活着但也并未真正死去的可怜生物，它被拴在这些机器折磨人的枷锁上。这种情况之所以出现，都是因为"爱"——如果只是因为恨意，他们不可能采取如此残忍的做法——这样的爱只会愈发强大，直至它衍生出最为可怕的、折磨般的孤独。

在已经失去母亲的同时又拥有母亲，这怎么可能？安娜感到疑惑。剩下的又是什么？

剩下仪式、义务、责任，安娜对自己说。剩下对某种观念的遵从。然而安娜现在每次对母亲比比画画的时候，这些动作似乎都不再传达人类的情感，没有任何属于人的意义。意识到这一点的瞬间，安娜心中涌起一股难以言说的恐怖。

难道这就是她和泰尔佐想要的？

安娜不太确定。她唯一确定的是，现在他们让弗朗西接受泰尔佐的死讯这件事一方面更容易了——因为这件事对弗朗西而言已经没什么意义；但同时也更难了——因为这件事对弗朗西而言已经没什么意义。

5

安娜没提那些让她感到毛骨悚然的细节。诡异的火灾烟雾笼罩了和泰尔佐一起骑行并目睹了惨剧发生的骑行者。泰尔佐和他的自行车一起被卡车拖拽了一百米。他的身体伤痕累累。汤米说，别人告诉他，泰尔佐的头颅像破碎的鸡蛋一样凹陷着。她告诉母亲，葬礼会非常盛大，因为泰尔佐是个广受尊敬的人。

弗朗西忽然抓紧女儿的手腕，力气大得古怪，仿佛要把自己身上的什么东西转移给女儿，或者是为了传达自己的伤痛，或者是为了弄疼她的女儿。安娜想，她弄不清这出乎意料的蛮力来自何处，如果这背后确有什么用意的话。谁知道呢？这个动作持续了一瞬间，也不过是一瞬间而已，接着那只苍老的手又垂在了床单上。

6

泰尔佐对航海没有兴趣，对大海更没有兴趣。但他不久前疏远了的伴侣为他在墨尔本的一家游艇俱乐部举办了葬礼，那是一个空间低矮、装饰着航海三角旗的活动室。葬礼的气氛很沉闷，来了不超过四十人，人们挤在一起，像不成形状的蛋挞。他的一位同事做了简短的发言；一位学生时代的老友说他有几十年都没和泰尔佐联系了，但他长篇大论了一番，仿佛要弥补这种疏远。那位泰尔佐的同事开了个玩笑，说泰尔佐在公司有个绰号，叫"太阳之王"。在那位老同学的脑袋后面是一面蓝色三角旗和一面白色三角旗，像两只兔子耳朵那样冒出来。两个人都说泰尔佐很会做生意，也喜欢骑行。两个人都表示，他的死真是一场悲剧。

安娜在葬礼结束后对汤米说，她感到困惑，他的死不就只是一瞬间吗？真正算得上悲剧的，难道不是他活着的一生吗？还有他的那些骑行——

汤米似乎没有听见。他开始讲泰尔佐多么崇拜罗尼。他觉得实际上，泰尔佐的一生都在努力取得他那已经死去的哥哥的认可。

安娜说，这太蠢了，真是废物。当然，当然，那件事过去了那么久，对他们每个人都有影响——

汤米的脑袋猛然上仰，下巴也开始颤抖。他说，泰尔佐知道，知道神……神……神——

安娜盯了他一会儿。

几个字忽然跌出了汤米的嘴巴，仿佛从黑暗来到光明之中。"神父迈克尔"，汤米说。在学校里做的事。

她的几个弟弟总把圣母学院里发生的性侵事件说得像是发生在别人身上一样。像是和他们家没关系。她咽了口唾沫，想清除房间里弥漫着的火灾烟雾的臭气在嘴巴里留下的沥青味。

不是你想的那……那……那样，安娜。你必须忍耐那些神父的做法。事情就是那样。罗尼必须忍耐迈克尔神父对他做的事。即便在迈克尔神父告诉罗尼说自己爱上了他以后。

7

她从来不知道。

她一直都知道。

8

也许你根本弄不清真相，汤米说。他也拿不准。他没有证据。罗尼说起那件事的时候就像在开玩笑。

她说，罗尼听到神父说那种话的时候只有十四岁，这对他来说一定不容易。

罗尼不爱迈克尔神父，汤米回复道。

她注视着汤米，好像第一次看见他。当然不，她说。

罗尼甚至不确定他是否喜欢迈克尔神父，他以前会背着神父开玩笑。叫他蠢驴米克。但他也为神父感到难过。罗尼就是这么告诉汤米的。他同情迈克尔，这就是当时对罗尼来说不容易的事。

安娜想说些什么，但是汤米这一次却没给她说话的机会。

一方面他觉得不是那样，但另一方面又的确是那样。他说。

她问，这就是为什么罗尼最后会——

汤米说他也不知道。也许是，也许不是。可能是这个原因。弗朗西告诉他罗尼死前写了一张纸条。但霍利找到后就把它烧了，就在他烧花园里的落叶的那天。他从没告诉弗朗西纸条上写了什么。后来霍利也不记得了。所以谁知道呢？

但是在这一切发生之前，迈克尔神父就注意到泰尔佐了。我想是因为他对罗尼失去了兴趣。或许是厌倦了。于是他去找罗尼的弟弟。罗尼教过泰尔佐怎么避开神父的举止，要避免和哪一个神父接触。罗尼一直照顾、保护着泰尔佐，确保泰尔佐没事。于是后来——你看：泰尔佐的确长成了，呃，泰尔佐后来的样子。

汤米唯一确定的是，当迈克尔神父来给罗尼的葬礼诵经时，汤米根本不想靠近他。他一直待在室外。那时汤米还是个孩子，但经过这件事之后他长成了一个古怪的孩子。他长成了那个汤……汤……汤米。就是这么回事。现在人们什么都能乱说，不是每个幸存者说的都是真话，他们在夸大其词，也不是每个神父都撒谎，现在谁还相信神父的话？他们曾经一心向善，现在他们也能变得无恶不作。指控神父很容易，但他有什么真凭实据吗？不，他没有什么证据。

安娜突然有很多问题想问汤米，那些她觉得最无法忽视的问题。

关键在于，你想保护你的弟弟，汤米说，但你不……不……不——

当汤米继续结结巴巴，安娜感到一连串无法言说的悲伤猛然涌现。她有那么多问题想问。但这些话语突然变得无比沉重，还没说出口就坠落到地上。只不过是一个平平无奇的事件。也许她只是害怕听到答案也许她已经知道了答案她一直都知道答案吗？

9

她想，她一直觉得自己不如泰尔佐。她想，她一直在试图通过模仿一个更强的人来逃避这种卑微的感觉。她有时会违抗泰尔佐，但最后又总是和他一起行动。她和泰尔佐争吵，但她还是崇拜他——她对他的崇拜就是她对他感到恼火的原因，她总是在和泰尔佐竞争，但她痛苦地知道，她永远不可能获胜。

现在却发生了这样的事。

泰尔佐！泰尔佐！见鬼去吧泰尔佐。

圣母学院和它背后的恐惧都算不了什么。她与他竞争，还以某种方式超过了他，这也算不了什么。她忌妒他。她的成功无法消弭她的忌妒。她厌恶自己，也厌恶他。他死了，这没什么，她对他的厌恶也没什么。她是如此讨厌他，以至于那一刻她暗暗发誓要摆脱 Instagram，因为以前她总是感到自己不得不欣赏泰尔佐正在做的事情，或者发布一些可以盖过他风头的内容。旅行、建筑、和一些小明星的合影。

因为泰尔佐结婚很早，于是安娜也模仿他，二十二岁就结婚了。她的丈夫对商业一知半解的兴趣，他的镇定自若——他在社交场合总是一言不发，却露出一种讨喜的微笑——是一种多么可贵的天赋；还有其他一些与之相关的成功人士的表象，但这都不过是富有的原生家庭在他身上投下的影子。他散漫的性格在年轻时让他看上去性感而美丽，但在年长之人身上则看起来有些下流。她对他最初的爱有遮蔽一切的力量，她以为她的热情来自他，以为他向来懒于行动只是其慵懒魅力的一种表现。他对财富无动于衷，但这是她无法做到的。他可以在生活中跌跌撞撞，因为他脚下踩着的地板比安娜试图打破的天花板高出许多层。

他们生了格斯之后就再没别的孩子，没有什么原因，只是因为他们已经有了格斯。但也许，回忆起当年时，她想她其实早就知晓了这样的结局。她常常以为在拥有爱情和失去爱情之间有一个悲剧性的分界线：一次出轨，一次流产，一次背叛或一场灾难。但其实什么也没有。丈夫身上的某些东西让她的爱最终失效。她的深情、尊敬和好奇心：这一切都渐渐萎缩，终至消失，如一滴水沉没在他的沙漠中。

没关系，不要紧。

每个人都以他们自己的方式处理事情。她离开了，而他证明自己一无是处的方式就是赞同她，认为分开的确是最好的决定。她需要让丈夫比自己更卑微，就像她觉得自己比泰尔佐更卑微那样。而她在这场比较中取胜后，她又鄙夷丈夫这副不如自己的样子。

到底这是不是一个错误——但事已至此！

没关系。

泰尔佐死了。安娜现在又是谁呢？

10

安娜拄着拐杖，肿胀的脚尴尬地塞在雪地靴里，她忽然发现泰尔佐风投公司的同事们围绕在她身边。她拖着伤脚闯进来的时候，他们的话题从泰尔佐死后公司里一些人的晋升立刻切换到一些感怀逝者的陈词滥调。

了不起的骑行者！一个人说。他每天早上五点起床后立刻出门骑行，那个老"太阳之王"告诉我的，另一个人说。我相信！

不过很快，他们的话题从泰尔佐身上移开，转变为风险投资人一些惯常的哀叹。每个人都好像放松了一些每个人都认为金融监管太多他们说起官僚体制的繁文缛节和环保政策认为政府必须刺激投资必须鼓励价值创造必须放开限制必须规范研究和开发税收优惠政策必须为软件工程师提供更便捷的签证通道必须和商业活动保持距离。必须！必须！必须！他们似乎热身完毕，充分放松，开始谈论金融科技、农业科技、教育科技、法律科技、监管科技和科技科技；A 轮、B 轮融资和流血融资①，还有有限合伙人、股份，和那些破产后重生的"凤凰公司"。他们最后又说回了那些政府政策，这一组套曲又可以重新开始循环。

安娜就站在他们中间，每当听到"科技"和"必须"的时候就点点头，像是听到什么重大事件那样表示赞同，她根本不知道自己为什么要赞同，因为他们所说和所做的一切都和她无关，就连这一切是否和他们自己有关她都不确定。听他们说话时，安娜觉得那些言语并非真正的词语，只是为了隔绝泰尔佐的人生的一句句咒语，如果有足够多的人齐声念出这道魔咒，他们就能蒙骗自己，不去在意那些对他们来说最重要的东西。

11

当她拖着身子往前移动，微笑着靠在拐杖上，她却想到，他们没有一个人敢说出那些东西，他们害怕，他们不敢描述他们真正爱着什么，他们说不出他们眼中有什么美丽之物，更不可能承

① 指一家公司在一轮融资中的股票价格低于上一轮融资时的股票价格。

认他们早就不知道如何与他们的孩子或父母交流，或许他们从来都不知道，他们已经迷失，陷入了孤独。他们反而在不断大声谈论那些琐屑的事物，仿佛希望这些事情可以成真。安娜忽然感到这种自我欺骗是多么必要，如果失去了这层幻觉，他们就会发现他们自己的生命实则建筑在某些根本性的谎言之上，而泰尔佐不合时宜的死亡却把这些谎言揭穿了。仿佛每个人都明白这世界上大半的生活都是如此痛苦，却依旧对此无所作为。怎么会这样？安娜想。这就是谜团所在：他们明白，一直都明白，却一直都无动于衷。他们无法谈论问题所在，而他们谈论的方式也完全回避对一切问题的谈论——至少在墨尔本游艇俱乐部，在弟弟的葬礼这天，安娜是这样看的，她听他们继续闲聊——带着幽默和愤怒，带着煞有介事的满满自信——他们聊到某些金融监管的相关法律早就失效了，法条里已经删去了这些条款。

他们觉得他们的评价完全正确，但他人对他们的评价则是愚蠢或邪恶，理应遭到最严重的惩罚。或许，安娜想，每个人都狂热地相信着他们自己的信仰，从来没有人怀疑过，也没有人心怀不安；每个个体都是如此正确无瑕，因为他们都抱持着自己的真理，于是也就没有任何真理可言。仿佛每个人都必须相信他们自己的叙述——无论那是何种叙述——因为假如他们不再相信，他们唯一拥有的就是这棘手的现实本身。

也许这并不奇怪，她又想道，现在已经没有人能决定何为病态、何为健康，何为生存、何为死去，更没有人能判断何为善、何为恶，但至少此刻他们有底气相信自己说的话都是对的，金融监管的改革的确迫在眉睫。而在其后的疯癫之中，他们只会彼此伤害。这就是他们每天发自内心去做的事情。

12

一个长相毫无特点的年轻人走过来，让安娜不禁联想到一张酒店房卡。他自我介绍说他叫贾斯汀，是和泰尔佐一起骑行的朋友，然后说了些安慰她的话。

他告诉安娜，他当时和泰尔佐在一起——呃，他说，事情很古怪。他放空了一小会儿，安娜担心这种反应是因为她自己的可怕模样——只有一侧的肢体是健全的，乳房只有一个，手也只剩下一只——突然他又重启了对话，仿佛在某些遥远的云端服务器那里找到了他需要的信息。他笑了笑，再次开口说话。他希望她能明白人们说的那些话不是真的，至少据他所知不是，这只是一个令人悲痛的意外事故。有人说，泰尔佐是故意撞到卡车上的。真离谱！他当时就在现场，他无法相信这个说法！泰尔佐不可能是这种人！人群中最成功的"太阳之王"怎么会做这种事？

安娜想到的只有泰尔佐那奇异、修长的手指，它们莫名变得有些脆弱、痛苦，紧紧抓握着自行车的车把。

的确，贾斯汀继续说，泰尔佐看到那辆双挂卡车开过来的时候，只是埋头骑得更快了。他可能刹车了，但偏离了轨道，把自己摔下了车。贾斯汀也不知道为什么泰尔佐没有避让。但他的确没有。理由可能有无数种。她的弟弟是个喜欢冒险的人，喜欢和汽车竞速。他有时可能有点鲁莽，但最后总能取胜。也许他只是被森林大火的浓烟干扰，误判了卡车的速度和方向。

真奇怪，安娜想，弟弟的手指怎么这么难看。当然，他的手指一根也没少，这也算得上是一种安慰，但她依然看见了他手指的模样，还看到当卡车靠近时，他蜷缩起肩膀的样子。

那并非他有意为之，贾斯汀说，就是那样。他很肯定这一点。别人说的都不对。他了解泰尔佐。怎么会有人那么做？不，那只是一个悲惨的事故，他想要让她知道，他目击了全过程，就是那样，血腥可怕的悲剧，他为她失去了亲人而感到十分难过。她的弟弟和他一样很喜欢公路骑行。他认为，泰尔佐的家人需要明白，至少他个人相信泰尔佐不是自杀。

13

安娜找了个借口离开了葬礼现场。她以最快的速度蹒跚着离开了游艇俱乐部。在撤退过程中，她注意到自己在商店橱窗中的镜像有点不对劲。她没在意，继续一瘸一拐地往前走。在一家摆着一盘像凡尔赛宫里的妇人那般浓妆艳抹的覆盆子蛋糕的糕点店，她又一次在宽大的玻璃橱窗上注意到了古怪之处。这一次她停了下来，来回摇晃着脑袋，但那古怪之处依然存在。她又往前走了一小步，来到一辆停在路边的车旁，更仔细地看了看后视镜中自己的倒影。

她的脸开始消散，仿佛某种恐怖的幻象。她的鼻子和一只眼睛消失了，剩下的那只眼睛游移到她的额头中间。然而人们从她身旁走过时并未留意。她想起，葬礼上没有任何人问起她的脸或她消失的那只手是怎么回事。是出于礼貌、善意，或者恐惧？她脑子里充满了各式各样的问题。脸上的变化是在葬礼上发生的，还是在那之前？又或许是刚刚才发生的？

安娜在困惑和苦恼中跳上一辆有轨电车，只是为了尽快远离这个异象发生的现场。她一上车，想到其他乘客会对她说些什么或者做些什么，就害怕起来。会不会有个偏执狂大声告诉她别坐在他旁边？或者更糟的是，人们会不会被她的脸吓坏了，要求她马上滚下电车，甚至不惜使用暴力？她把腿并得很紧，脑袋低垂，缩在一个很小的角落，害怕她会变成一个黑洞，将自己吞噬。

没人说一个字。

她试图躲避任何目光接触，时而看向地板，时而看向上方，或者看向窗外，又看向天空——只要不看其他乘客就行。不过偶尔她也会不经意地在车厢里扫视。

没有任何人注意她。没有人抬头看。所有人都在看手机。信号似乎不太好，但他们的样子就好像假如能在天空中找到一丝丝空隙，可以让他们的手机出现一格信号，他们正在等待的那条回复就会送达。

这么长时间里，他们一直在搜索、点赞、添加好友、评论、发送表情、取消、删除好友、划动、翻页，他们知道自己不过是在书写然后改写他们自己的世界，然而通过改写他们的种种感官、情绪、思想、恐惧、谎言与感受，他们自己也渐渐被改写为一个新的人类个体。他们又怎会知道自己一直在被慢慢抹去？

直到这时她才发现：电车上的每个人都和她一样，只剩下了一只眼睛。

14

那天晚上她坐飞机回到悉尼，打车回到家。她正要上床睡觉，却在半路听到有什么声响从格斯的房间传来。

她敲了敲儿子的房门，喊了声他的名字。没有回答。格斯总是用耳机武装、掩藏自己，房间里唯一的光亮来自他在电脑上玩的各种游戏或他正在刷的社交媒体，安娜有时觉得仿佛他已彻底迷失在海洋底部最深的沟壑之中。

她记得当格斯还是个孩子的时候，总是喜欢抱住她的腿不放。现在当她想起这些时，内心充满柔情，但当时她只会把他推到一边。他继续抱紧，她就继续推他，但他依旧抱着，像是一棵树，站在剧烈的风暴中。他曾是最可爱、贴心的小男孩，总是在头脑中玩一些天马行空的游戏，对其他人都很友善。他毫无防备的程度让安娜感到害怕。她试图扭转他的这种性格。她觉得这么做之后，他就不会像她的弟弟那样受到其他人的伤害。她一次又一次地推他，直到她取得了胜利，直到那种毫无防备的特质不再出现，他再也不抱着她的腿不放。

她想到自己的儿子，他既存在又不存在，既可见又不可见，每天都在一点一点地消失。她一会儿想到这个现状，一会儿又想到那些人们一遍又一遍地说着的偏执字眼是多么不可靠——爱爱爱，或者家庭家庭家庭——这些话已经没有什么意义。它们就像是食品广告，但并非食品本身，有天晚上她就这样告诉格斯。格斯的回复大概是，他也这样认为；那就是格斯一贯的做法，他不像她那么在乎词语或物品的意义；"我认为"，格斯说，然而她却根本无法再认为什么了。但这并不意味着格斯不在乎怎么用词。他从不说蠢话，也不说他并不相信的事，然而，与之相反，她却说过那么多愚蠢的言论，仿佛那样就能让这些东西显得更为严肃，她把自己的情感一个个加以命名，仿佛那样就能让她的情感变得真挚。现在她却怀疑，这么做仅仅会让她的情感变得虚假。人们说，你只有给事物命名才能认识它们。但有时安娜觉得，不去给自己真实的感受命名才是更聪明的做法，这样你才能继续感受。每个名字都把某种事物钉上十字架，在半路上将它拦住；安娜想，每一个名字都是一颗子弹，寻找着它要击杀的目标。

即使在很小的时候，如果没有安娜的逼迫，格斯也从不会主动说他爱她。每次说爱她的时候，他都会笑一笑，仿佛爱不过是个不起眼的笑话，和他们之间的情感并不匹配。他长大后会说，他很在乎她，他喜欢她，和她在一起他很高兴；她的陪伴也让他感到安宁。她有很长时间都为他从不说爱她而感到恼怒，除非她强迫他，叫他重复她的话，重复这句在他看来十分滑稽的誓词，因为他觉得这句话不过是虚情假意。那么多年，说真的，如今安娜想，她都感到自己没有得到尊重，这种感觉不止于此，甚至达到了愤怒的程度。大概有二十年，她都觉得母子之间的关系有些问题，因为他从不说爱她。但他所说的正是他真正的所思所想。也许他的所思所想比爱更强大、更复杂，难以用语言表达。她能听见格斯的声音，低沉、轻缓而温柔，但她想象不到在格斯听来她的声音是什么样子。难以忍受？令人压抑？轻盈？沉重？滑稽？阴郁？不：她不知道，而且永远也不会知道。

15

　　她在门口等了一会儿，又拄着拐杖走了进去。房间很暗，散发着臭味，唯一的光线来自格斯电脑屏幕上的战争游戏发出的绚烂亮光；这光亮在源源不断地提供刺激之外，几乎完全剥夺了人的感知，整块屏幕就如同奇异的海底世界里终年燃烧的丛林。

　　格斯坐在椅子上转来转去，片刻间她觉得她能看见或者已经看见或者只是一刹那感受到了他面容中流露的痛苦。但只是一个瞬间。因为他的嘴巴和那只眼睛——他脸上仅存的器官——现在也消失了，她意识到，即使他想表达什么，也无法再流露任何情绪了。

　　现在格斯的脸像是无法辨识也无法描绘的古代雕像，被古时暴怒的基督徒彻底毁坏，而那个古代世界也随之一同消散了，没有色彩，没有鼻孔、嘴唇、眼珠，一切都已永远毁灭，无可寻觅。仿佛格斯的脸从他的头上整个滑落了，就像盘子里的餐食被清理一空。

　　也许她深吸了一口气，也许她只是忽然说不出话来。后来，她难以形容那种感受，只记得那痛苦的椭圆形的面孔正盯着她看，那仍是格斯的面孔，仍有他的脸型和头发，仍有那些忧伤的面部动作，仍是一个人——他能认出安娜，也能在屏幕上炸弹爆炸所点燃的亮光中，展示出他那无可形容、无法辨识的悲伤。

　　她走过去拥抱他，把儿子揽进怀里，不想再让他离去。当他从椅子上站起来，她发现他的一只胳膊也消失了。她并不感到惊慌，只是为他无法再像从前那样拥抱她而感到难过。

她告诉自己，没关系，她还可以拥抱他；是的，她想，目前这还是办得到的。但是，说真的，说实话，任何正常的东西都不再可能存在了，安娜想。她扔掉拐杖，用双臂抱紧她周身日益扩大的虚无，那曾是她的生命。当她抱紧他，他抬起头，用那张可怕的空白面孔望着她，那张忧伤的椭圆形的面孔上只有胡楂和一副古怪的、只剩一个镜片的眼镜，架在他毫无特征的脸上，现在安娜只能通过这些仅存的特征认出他的样子。她不觉得害怕，但莫名觉得有些感动，甚至为之着迷——他到底是从哪儿找到看起来这么奇怪的单片眼镜的？她回望他脸上的空白，仿佛一张面纱已被揭去。

他脸上残余部分透露的表情是懊悔还是憎恶？抑或是一种独属于她的彻头彻尾的失败？

16

麦格心情不错。在一个飘荡着棕黄色烟雾、见不到影子的傍晚，她和安娜一起坐在萨里山①的一家小餐馆里喝着桃红葡萄酒。森林大火的烟雾让整个城市陷入一片昏昧，并让一切事物都变得糟糕，就连安娜口中的葡萄酒也一样，而且诡异的是，已经这么晚了，却见不到什么东西投在地上的影子，这都是因为肮脏的光线让人忘了黄昏即将来临。

这很诡异，却也很正常。

麦格谈起有一次她路过一个老朋友家——她所说的"老"是

①位于悉尼中心商业区东南方的一处近郊地区。

指她年轻时，这个朋友就已经上了年纪。那位老太太很有趣，也很善良。那是个诗人，没完没了地抽烟，当年麦格也想成为一个诗人。

安娜盯着麦格，用一只眼睛盯着对方的一只眼睛，哑然无声，她没法指出这个如此明显的事实：就像安娜一样，麦格现在也只有一只眼睛了，虽然她的眼睛不在脸孔中央，而是仍留在左侧，上面是单片的玳瑁眼镜。为什么麦格没像安娜那样被对方的独眼吓到？

麦格——她开口她急不可待她试着说道，麦格！拜托了！我们需要……我们必须谈谈。

麦格跷起二郎腿，继续说那位老太太以前做的各种异域菜肴，比如红酒烩鸡。

安娜曾觉得她可以轻松地和麦格谈论一切——最隐秘的、最细碎的、最离奇的事，但现在安娜却感觉截然相反，她无法和麦格分享任何事情，她自己的沉默已经让她哑口无言，而且很不自在。麦格的腿部动作不过是个漫不经心的小习惯，安娜曾觉得这个姿态非常迷人，现在却为此恼怒，甚至只想和麦格保持距离。

她倒了太多雪利酒，麦格说，接着她又说那位老太太和泰德·休斯①一起在剑桥的时候。你敢相信吗？在二十世纪八十年代的伍伦贡②，这一切都很稀奇。她真是个可爱的老太太，生活在一栋乡下的老房子里，她的前院里有一棵很大的胡椒树。后来她去世了。

---

① Ted Hughes（1930—1998），英国诗人、儿童文学作家。
② 位于澳大利亚新南威尔士州东海岸的一座工业城市。

安娜说，麦格，你看得见我吗？

我当然能看见你，麦格说。她取下单片眼镜，把它放在她自己和安娜之间，来回移动镜片，仿佛它是什么十分珍贵的东西似的。麦格笑了。很漂亮，不是吗？你总是对我说不要为戴眼镜而感到自卑，现在我戴上它，看什么都清楚多了。

安娜看着麦格那只深色的眼睛，它就像一个褐色的万花筒，曾让安娜痴迷，但现在这只眼睛却让她恐惧。她问麦格，能不能把腿放下来，这看起来有点幼稚。

麦格把腿放了下去，继续讲述她的故事。

很多年后，麦格开车经过那栋乡间小屋，发现胡椒树倒了，曾经充满笑声、神秘、魔力与欢乐的奇妙的小屋也变成了另一栋房子。她感到一种难以言喻的悲伤。老太太不在那里了，魔力也不在那里了，她的人生又有什么意义呢？她的人生看起来什么意义也没有，或者就像那胡椒树一样，存在过的事物总要消逝，连同曾经为生命赋予意义的一切。

麦格，安娜说，求你了，看一看，难道你什么也看不到？

麦格又一次把腿跷了起来，她说，那天，当她坐在自己的车里，盯着那栋房子，她找不到任何答案。她曾以为那栋房子和那道红酒烩鸡是她人生中某些重要篇章的开端。但并不是，麦格继续说道，她的胃里仿佛出现了一个可怕的大洞，那种饥渴会把她吃掉，从内部将她吞噬。后来，她成了一位工程师。

你在事情开始的时候永远不会知道，这里也是事情的终结，麦格说，消失的并不是它们，而是你。

17

生活几乎像往常一样持续着，安娜想。在大城市，有比个人问题更亟待解决的事务，譬如公共交通是否运转良好，垃圾是否有人来清理；人们的工资是否按时发放，或者他们是否把这些工资用来消费；有那么多东西可以买卖，和它们一起被兜售的，是许多将不必要的东西变为必要甚至必不可少的理念。当这个热闹的舞台继续它的表演，其他的生活却面临中止，或变得过于荒诞、反常，不堪审视。

有时，当人们随口闲聊或喝醉的时候，他们会谈到某个已经成年的儿子缩小成一只手、一个手势、一个阴影，但如麦格所说，那真是个扫兴的话题，于是人们赶紧转移话题，像一条河流迅速拐弯，涌入更加阳光明媚的谷地。

在安娜看来，整个世界都对正在消失的那些事物视而不见，而比这更糟的是，当世界注意到这些问题的时候，它会用另一些新闻推送将其掩埋，仿佛那些无处不在的消失不过是一些微不足道的小故事，仿佛它们不过是——说得好听一点：怪胎们的兴趣范围、社交媒体上的阴谋；说得难听一点：它一无是处。然而，安娜对麦格说，你仅凭常识就能意识到有些东西出了问题。但麦格指出，眼下，一切都出了问题，这才是常识。

安娜一度想要谈起那个话题，但她提得越多，别人的注意力就越容易被其他事情分散。当她提到鼻子消失或耳垂消失，别人就会谈起政治、Netflix 剧集或 TikTok 里的短视频。她越是沉浸于这个话题，别人就越是沉浸于他们自己的话题。她谈到消失不见的眼睛，他们就谈论总理。她谈到不断消失的儿子，他们就会谈论房贷压力。面对眼前之人已经消失的鼻子，没人知道该说些什么才好。

安娜实在看不到任何迹象表明世界将严肃对待这些消失。也许，当世界的本质变得越来越少，人们就会越来越需要关注那个没那么本质化的世界。

你还指望什么呢？麦格说。她让安娜感到愈发厌烦。

当然，人们还在交谈，但从根本上，安娜无法理解那些对话。严格来说它们根本算不上对话，只不过是一些假对话，其中的每个人都愈发固执地各抒己见，从而避免触及一场真正的对话。

不管怎样，正值夏季，这一年的夏天从未终结，也从未真正开始，天气一直很热，热得令人无法忍受，酒吧、餐厅、咖啡厅里全都坐满了人，店里洋溢着欢乐的气氛，现在，人们偶尔会将其称作那种消失，他们会对这个话题稍作谈论，但也仅限于稍作谈论。人们能谈论的只有这么多，但每天都有更荒唐、更悲惨、更可笑、更有新闻价值的事发生——一场政治丑闻、一起儿童谋杀案、一个男人的阴茎被他愤怒的恋人咬了下来。有人对这一切表示担心。现实却丝毫不为之担心，至少还不够担心。

当饥荒刚开始出现，它总是出现在别的地方，战争越来越多，却也总发生在别处，那些暴行与恐惧也是一样，而那些别处的问题永远是别人的错，别人也总是比他们更无能、更愚蠢，因此他们不需要为那些事太过担心。当那些想要逃离这些灾难的难民被挡在他们的国境之外或被关进牢狱，他们也并不在意，因为显而易见，那些长着两只眼睛和一只鼻子的难民和他们一点也不像，只是一些怪胎。

或许，安娜告诉自己，那种消失并非坏事。甚至有人认为，这根本不是问题，只不过是大自然的自我调节，不过是一个需要社会加以理解和适应的过程。

也许的确如此，人们说起除了眼睛、四肢和手脚之外，孩子们也开始整个地消失了，这时，他们就会发现反常之事早已变得正常。

有人想要引起公众对那种消失的关注，有人开展了激烈的抗议，少数人沉浸于毫无意义而又十分可怕的恐怖主义暴行中，但这一切，即使包含了暴力，也最终成了次要新闻，这些消息对大部分人来说并不重要，而且在众人看来过于悲伤。还有那么多令人愉快的消息，至少人们相信这是一些让他们愉快的消息。但安娜忽然想起泰尔佐的葬礼，其中有些细节令她至今惊骇不已：那低矮的白色天花板，上面对称地排列着刺眼的射灯，轻快的三角旗，还有正在吞没她的巨大的虚空。

18

现在，词语似乎成了人与人之间的屏障而非桥梁，如果你把屏障建得足够高大，就没人能看见另一边不断消失的人和他们身上不断扩大的荒漠。似乎每个人使用词语的方式都在躲避词语本来的意义。她甚至开始怀疑，连这些本义也开始崩塌，现在人们的交谈或麦格的话在她听来与其说是一个个词，不如说是一阵嗡鸣，就像汤米说话时总是发出的那种声音。

她也听见了那种声音：在泰尔佐的葬礼上，在咖啡馆，在大街上。即使门窗紧闭，那声音也能渗透进来，即使在她熟睡时，那声音也从她的床铺、枕头下面升腾而起，她能感到她做梦时，那声音深深钻入她的牙齿神经。但无论什么时候，安娜问麦格她有没有听见那种声音，麦格都只会嘟囔着回应几句，因为她并不在意或从没听见过。

　　安娜看见麦格变得越来越少。

　　毕竟，安娜眼中麦格的存在已经变得越来越少了；有天夜里安娜从床上坐起来，准备好说出那句话：麦格，我想我不再爱你了。作为一位成功的极简主义建筑师，她觉得这句简短的话语也和她的身份一样优雅、强悍，言简意赅，无须任何矫饰。但就像之前她所看到的格斯那样，麦格消失的速度越来越快，她的手指，接着是她的双手和四肢，但麦格既没发现她自己的躯体已经消失，也没注意到别人的缺损。安娜想触碰她的肩膀，却发现那里一无所有。

　　怎么了，安娜？麦格嘟囔道。

　　没事，安娜回复。什么事也没有。

　　有些时候，安娜可以忘记这一切，但有时它又会重新回到她的心中，像一种尖利的噪声，这声音有时以滴滴声出现，有时像脉搏，有时是持续的刺耳号哭，还有时则近乎某种并非人类发出的尖叫声。这种感受仿佛痛苦或失落。也许就是痛苦，是她唯一的痛苦，只要她继续忍耐下去，事情就不会发生任何变化。没经过任何讨论和说明，她们就自然而然地不再同床共枕了。更糟的是，比起和麦格待在一起，她更想独自看着手机入眠。

她搜索"南方的耶路撒冷"和"戴维港"。根据许多档案、评论、历史记录和学术研究，她开始看清那个故事的全貌。

艾萨克·斯坦伯格①，一个来自拉脱维亚的正统犹太人，预见了大屠杀的到来，于是在世界上最苦难深重的年代，他着手为犹太民族寻找一个新的家园。他曾在列宁的政府中担任司法人民委员，人称"莫斯科屠夫"，后来被列宁投入监狱，最后他躲过一劫，在二十世纪三十年代末，他脱离犹太复国主义运动，主张在新大陆寻找犹太人的家园。比如马达加斯加。比如埃塞俄比亚。比如澳大利亚西北部。但只有塔斯马尼亚人同意给他一片陆地，供他建设新巴勒斯坦，那就是戴维港及其周边，这座岛西南部那些人迹罕至的地方。

大概有多少人因此免于一死？

斯坦伯格警示过人们，欧洲将要发生大灾难。但人们看不到他所能看到的事，也不相信他们自己就能拯救世界。直到一九四二年，就连斯坦伯格自己也难以相信自己曾说过的话了。

然而，一个异教徒做到了。

那人的名字是克里奇利·帕克②。在一个极不流畅、每次切换到新页面都会不停闪动的网站上，安娜发现了塔斯马尼亚历史学会的诸多档案和记录，其中有篇文章记录了二〇〇九年的一次有关此人的演讲。

---

① Isaac Steinberg（1888—1957），苏联律师、政治家，犹太领土运动领导者。

② Critchley Parker（1862—1944），澳大利亚记者、报纸出版商。

在墨尔本，帕克曾和一个已婚犹太女人相爱，那个女人是斯坦伯格的支持者。一九四二年秋天，也就是大屠杀在欧洲刚刚开始不久的那个夏天之后，这个就性情、健康状况、经验和背景而言都并不适合在这片荒野之地生活的瘦削的年轻男人忽然来到戴维港，开始在这里和周围更遥远的地方探索，那是一片几乎无人知晓、无人居住的荒蛮土地。因为齐克隆 B[①] 在欧洲的大量散播，大屠杀变成了某种可以批量实施的产业，此时克里奇利·帕克计划在橙腹鹦鹉的聚居地建造属于犹太人的宏伟都城。

他这么做是为了打动那位墨尔本名媛，某种意义上，他绝望的爱和她的圣战终于合二为一。他在戴维港孤独离世。文章作者写道，你几乎可以认为，他死于泛滥的爱。也许这很愚蠢，也许这没有意义。

但安娜深受感动：他毕竟做到了。

这还是一种胜利。

安娜划到这篇文档的最后，作者是塔斯马尼亚大学的动物学副教授，研究方向是鸟类灭绝。

她的名字是丽莎·夏恩。

他死去之后的第二年，橙腹鹦鹉回到戴维港的那个春天，一些锡矿勘探者在睡袋里找到了一具被泥泞覆盖的骷髅。那就是克里奇利·帕克，他的帐篷很久之前就被吹走了，在他尸体旁边放着他的日记，里面写下了他的各种梦想和建造犹太都城的计划，

---

① 以氰化物为基的消毒剂和杀虫剂，在第二次世界大战期间被纳粹德国用于执行种族屠杀。

而且建筑要由勒·柯布西耶[1]来设计。

除了他还有谁呢？他写道。

那时正值北半球的冬季，已有四分之三的欧洲犹太人在大屠杀中死去，丽莎·夏恩的家人也在其中。

20

当安娜骨折痊愈后，她没有恢复每天慢跑的习惯。她没有回到健身房。她冷漠地观察着自己的身体，它拒绝新生，不再变得强硬、紧实。如果她的肉体变得松松垮垮或绵软无力，她又有什么可在乎的呢？她已经发现人们是多么不善观察，即使有人在他们面前渐渐消失，他们还是觉得自己依旧能看见那个人。那些人就只得一点点消亡，没有任何人发现。事情的变化越大，人们就越专注地盯着屏幕，活在另一重空间，而眼下的现实世界不过是屏幕世界的拟像，人们的真实生命也成了他们网络人生的投影。人们消失的部分越多，他们就越是沉浸在网络世界，就像某种诡异方程的运算结果，或是走过了一道古怪的传送门。网络热图作者、红人、博客写手、线上传记作家。她想，他们在那个世界待的时间越多，在这个世界的存在就会越少吗？是她想的这样吗？

不，安娜想，不是这样；她什么也不知道，但有时候在她看来，人们不仅仅看不见那种消失——比任何事都更让她觉得恐怖的是——他们根本不想去看。

但在所有事情中，她最想做的就是去看。

----

[1] Le Corbusier（1887—1965），法国建筑师、雕塑家、画家。

她渴望观看这个世界，不是以人们描述的那样，而是以它本来的样子。她希望按照世界呈现其自身的方式了解这个世界。假如它所展示的就是一个满目疮痍、受尽摧残的宇宙，那么，在遍地的伤口之中或许仍然包含着某种希望。这些想法忽然在她眼中清晰起来。但如何实现这种想法，却还不那么清晰。她翻了翻Whatsapp，刷了刷 Instagram。一只烧焦的虹彩吸蜜鹦鹉让她停了下来。

21

　　一只鸟浑身烧焦，又曾被海水淹没，现在它倒在沙滩上一块潮湿的灰烬之中，它红色的喙仍然明亮，蓝色的羽冠仍然鲜艳，绿色、黄色和橘色的羽毛变幻出无数色彩．铺撒在被烧焦的黏腻草叶和黑色的树皮上。它一只眼睛睁着，仿佛在用可怕的审判的目光盯着安娜。

　　它看见了！

　　它看了又看！

　　一阵恐惧袭来。难道不是每个人都这么觉得吗？夏天令人恐惧。烟雾令人恐惧。生育令人恐惧。生活在森林里令人恐惧。在大城市里窒息也令人恐惧。今天令人恐惧。明天也令人恐惧。如果我们非要这么说的话。

22

第二天她从口袋里找到了丽莎·夏恩的名片。她正准备把它揉成一团扔掉时，又忽然停了下来。她把卡片抚平，盯了一会儿。她想起了丽莎蓬松的头发，还有叫她"安娜"的样子，目光锐利地看着她的样子，还有最重要的是，注意到了她消失的手。于是她拿起手机给丽莎·夏恩打了一个电话。为什么？她自己也说不清。电话那头是语音信箱。她挂了电话，没留下语音消息。她把名片放进一个小小的编织篮，那是她通常放钥匙的地方。名片在那里待了好几周，直到某天，因为篮子里的垃圾越来越多，她打算一股脑把钥匙之外的东西全扔了。在这么做之前，她停下来，看了看，想了想，再一次给丽莎·夏恩打了电话。

这一次夏恩接了电话。

安娜不知要和丽莎·夏恩说些什么，但她还是缓慢而自信地解释，自己是飞机上坐在她旁边的那个缺了一只手的女人，而现在她的头可能也会消失。她希望她的来电没有打扰到她，但她有个问题想问。她见过一张死去的、烧焦了的虹彩吸蜜鹦鹉的照片，那只鸟如此美丽，让她心碎不已。

第十章

1

衰退、再生、腐败。利尿剂、阿奇霉素片[①]、华法林[②]、埃索美拉唑[③]、芬太尼[④]。这些药就像白痴讲的故事，医生能说明白这些药该怎么吃吗？

弗朗西可能会死也可能不会是的她可能会这样也可能已经这样了是的她恢复得不错是的只是我们不得不说她现在身体很差。是的是的是的不真的吗？信息如此庞杂，智慧却如此匮乏。医生们为某种治疗方式在她身上引起了反应感到满意，当她对此毫无反应时他们也感到满意。新的医疗技术一如既往的徒劳之举替代治疗根本算不上治疗非常感谢不用谢。我们总能继续努力。是的不是也许。只要你不相信绝望，就能一直保持希望。

有时这一切看起来，安娜想，不过是一个残酷的程序，唯一有趣的要素在于每走错一步都会让弗朗西的苦难愈发深重。

[①] 一种用于治疗呼吸道与皮肤细菌感染的药物。
[②] 常用于防治血栓栓塞性疾病。
[③] 一种用于治疗胃炎、胃溃疡等疾病的药物，有缓解恶心、呕吐、腹痛等胃肠道不适症状的效果。
[④] 一种强效止痛剂。

在这神秘的医疗系统的核心，在这一切中最反常的是：在此种系统中工作的人们的善意。护工那么耐心，护士永远温柔，喂弗朗西吃饭（虽然她现在吃得很少）的那个女人如此体贴。一个来自斯里兰卡的年轻女医生也一直很关心她。

然而他们所有的体贴和善意对弗朗西来说都只是加倍的折磨。安娜有时觉得，若是在其他领域，给一个有知觉的生物施加如此严酷的折磨，一定算得上某种变态的罪行，应该受到严重的惩罚。

安娜意识到，这无形的罪孽之所以存在并不断延续，只是因为一个谎言。这个谎言是他们所有人——孩子、医生、护士——共同促成的。这谎言在于，人们认为推迟死亡就等于延长生命。这恶毒的谎言如今把弗朗西囚禁在孤独的境地中，这种孤独比任何监狱都更坚不可摧、密不透风、令人胆寒。

安娜猜想，是因为这种谎言而非病情，弗朗西才不愿再和人交流。如果根本没人听她的话，如果她的一切言辞和心愿都被别人误解为相反的意思，她为什么还要表达？一切都已被谎言框定——让她吃东西是想让她好得快些，让她服药是为了让她不会死去，让她进行不知道什么时候才会结束的下一个疗程是为了让她重新恢复正常生活的能力。

谎言始于同情——安娜、泰尔佐和医生同样都抱有这种同情。这种同情本身，不过是他们每个人最卑劣的虚荣心的体现。毕竟，同情不正是建立在权力的幻觉之上的悲哀吗？而权力又是什么？什么也不是，安娜想。一文不值。他们没法拯救弗朗西，只能让她痛苦。这就是他们唯一的权力。

2

安娜站在弗朗西的病床边。这时母亲已经做完了几个小时的透析，正在休息。她像一副置于床单与枕头之间的空壳。安娜能看出，距离她上次探望只过了这么短的时间，弗朗西又经历了巨大的伤害。现在一切做法似乎都在伤害弗朗西。她甚至不得不费力呼吸，浅浅地喘气，来缓解不适，避免咳嗽引起极度剧烈的痉挛，有时她甚至会因为痉挛而吐出胆汁。她现在已如此虚弱，等到不再咳嗽的时候，她会立刻入睡，而在她睡着时，更可怕的是，有时她甚至完全停止了呼吸。

她的孩子们就像木偶戏艺人，他们操纵着她的生命依旧能够持续的幻象，而这幻象甚至比弗朗西本人更不可或缺。现在她只是他们的牵线木偶，悬挂在一根根连通机器的管道上，她头顶上方那些决定她生死的液体流下管道，进入下方的各种分流管、导管和孔穴。

您的母亲真是个了不起的人。有一天，那位年轻的斯里兰卡医生对安娜说。

安娜从没觉得弗朗西很了不起，或者说，她没想过弗朗西在家务和家庭之外会是什么样子。让安娜惊惶的是，母亲也是一个独立于他们这些孩子、超脱于他们的各种需求的成年人，其他人也很喜欢母亲的陪伴、母亲的性格，连同她已充分展露但至今仍未得到关注与承认的高尚品质。

年轻的斯里兰卡医生说，她现在开始理解一位老医生在她还是个医学生时教导她的话：我们的价值并不在于我们的所说所想，而在于我们面对苦难的考验时的样子。

弗朗西历经的苦难无穷无尽。她被困于自己渴望死去的身体和孩子们仍坚持让她活着的决心之间。弗朗西正在经历最终极的考验。

3

安娜飞回悉尼，打车回家，她一回到家就敲了敲格斯房间的门。没有回应。她一瘸一拐地走进他的房间。

一片黑暗，电脑屏幕投下闪烁着的光芒。格斯不知去了哪里，但她注意到屏幕上还有一把不停移动着准星的枪，对准一只化身为鸟的逃窜着的动物。她看见屏幕下面有个黑色单手游戏控制器，因为长期使用已经变得锃亮；控制器被三根手指握住，大拇指在阴影中不断移动。

安娜感到一阵恶心，因为她忽然发现这些手指并没连接在手掌上。四周也没有胳膊和身体。她慌忙打量了一下整个房间，想找到儿子身体其他残余的部分。但她找不到他的任何部位。她找不到格斯。

她用自己残存的手摸索着离开，扶住门框支撑着自己。她大喘了几口气，呆呆地站了一会儿，像是在休息。她的身影在黑暗中如此渺小。

那把枪的准星固定在一个注定毁灭的世界之上，被瞄准的对象不断逃脱、跳跃、狂奔、飞翔，想要躲过下一颗子弹、导弹和世界末日，旧世界正被炸裂为一片虚空，而安娜这才明白，屏幕下方是儿子仅剩的部分——三根手指——它们来回跳动，就像一只高中实验课上的青蛙。

准星不祥地游荡在整个屏幕上，不断搜寻着那只可怜的小鸟，与此同时，格斯残存的手握住控制器，前后来回摇动，控制着枪口的运动。安娜弄不清到底是格斯的手指在操纵控制器，还是控制器操纵着格斯的手指。仿佛他不断摆动的手指不过是屏幕上那个真实物件渐渐消融的化身，那个数码准星为她可爱的宝贝儿子保留了最后的生命活力。

她想要尖叫，她张开嘴巴，但从她口中涌出的只是一片逐渐溃败、无穷无尽的虚空，这让她害怕地想到，此时她自己也可能完全消失。她似乎想要呕出些什么，但什么也没有呕出来。她呕出的是某物、一切和虚无。连尖叫的能力也消失了。她一言不发——她想，其实没有任何言语能形容这种恐惧——然后她离开了房间，轻轻关上了身后的房门。

4

可以这么说——她的儿子一直在这里，却也不在这里，安娜想。他离这里越来越遥远。他不在那里。他也不在瑞士。不在世界上任何地方。

5

没问题，护士说。总是没问题。越是"没问题"，情况就越糟糕，现在弗朗西没法吞咽，只能插着喉管，通过管子里的营养液维持生命。

医生嘱咐后，又过了半小时，三个护士来到弗朗西床边。她们告诉安娜一切都好，然后就请她离开病房。她回来的时候发现弗朗西的嘴巴怪异地张开着，鼻子里插着一根塑料管，连通着点滴架上挂着的一袋黄色液体。

弗朗西把脸转过来面朝安娜，仿佛被人发现了什么不可告人的行径，仿佛她为活着本身感到愧疚。她平时干燥、粗糙的脸颊此时却闪烁着微光，她眼角的皱纹上泛起银光，这是自从埋葬罗尼的那天起，安娜头一次看到母亲流下眼泪。

6

弗朗西正在他们眼前活生生地崩毁。安娜不由得感到惶恐，因为她曾那样坚持、要求、祈求、借用和购买任何她能寻找到的东西，只是为了让母亲的健康不再恶化。种种复杂的机械渐渐掩藏起弗朗西的身体，让它不再衰退——她现在躺在一张由电脑控制的床垫上，床垫不同部位有规律地膨胀或收缩，从而刺激血液循环、避免褥疮；她身下还有为了避免被子摩擦身体而架起的支撑环——这身体已经如此脆弱，经不起被单的刺激。

现在，安娜每次见到母亲，剧烈的惊骇都让她感到体内的某种东西正猛烈地弹动。有时她甚至站也站不稳，不得不抓住那把蓝色的塑料扶手椅或扶住墙面，以维持平衡。因为每次探望母亲时，她都会见到一个截然不同的女人，每次那个女人的模样都离母亲原本的样子更为遥远，每次她都和上一次如此不同，而安娜也越来越认不出这就是她的母亲。

等安娜终于站稳，她向前走去，抚摸母亲的脸庞并开始和母亲说话，她的声音如此平静、温柔，甚至都不像她自己的声音。安娜说了一些每个来访者在相同的地点、相同的时间都会说的相同的话，一些不变的陈词滥调、不变的鸡毛蒜皮——面对虚无之物，不变的胡言乱语。

她抚摩着母亲凸起的指节。弗朗西发出一些沙哑的声响，安娜俯下身去，似乎想破解其中的含义，她仅剩的几根手指轻柔地掠过母亲手上松弛的皱纹。

但她根本无法听懂。自从弗朗西请她叫神父来做临终祝祷，安娜就再也无法听懂弗朗西说的话了。她甚至也不明白母亲在想些什么。她的手臂和手掌都不再服从身体的指令，因此字母板也用不成了。唯一明确的是，她们之间已无法沟通，弗朗西已经迷失在某个遥远的所在，不会再回来。

永无归来之路。

有一次安娜来到医院，看见弗朗西因剧痛难以入睡，她瘦骨嶙峋的四肢弯折起来，像遭受了碾压的昆虫，她的脸因疼痛而扭曲。还有一天下午，弗朗西一边的眼皮怎么也睁不开，尽管医生们说一切正常，弗朗西的情况很稳定，感觉很舒服，她还是发出一连串受到折磨的呻吟，那是一种动物会发出的异常可怕的哀号，介于吼叫和嘶鸣之间。没过一会儿她就筋疲力尽，停止鸣叫，昏睡了过去，但一两分钟后她再次醒来，开始更加悲惨地号叫。整个过程十分诡异，弗朗西的反应似乎不属于人类，而近乎动物，让安娜只想匆匆逃离。

7

但她没有逃。她想到了格斯，想到她有多想抱紧他。

安娜抱住母亲，轻轻摇晃她，仿佛那不再是母亲而是她的孩子，她紧紧抱住她，因为这是她唯一能做的事，因为她害怕如果她松手，罗尼、霍利、泰尔佐曾遭遇的事和现在格斯正遭遇的事就会发生在母亲身上。

在母亲床头的桌上有一本访客留言簿，汤米在上面留下了从诗和歌词里抄来的各种伤感的句子。这让安娜感到恼怒，因为这些感伤如此平淡，似乎和母亲所遭受的巨大苦难并不相符。但当安娜偶尔读到这些句子时，她还是会哭，为母亲的病弱、为她自己如此容易被感动而哭，为只能以平庸的言辞回应的强烈悲痛而哭。读着读着，她甚至会相信这些话语，她的思绪被词语的逻辑困住，纠缠在这张网中，不得逃脱。

但安娜想，在没有任何逻辑的地方——在覆满了弗朗西涂画的那些难以辨认的象形文字的纸页上——只有在那里，在那完全无法被人理解之处，才能看清母亲所经历的悲剧。哪怕有一个正确拼写出的字符，那个悲剧的真实内涵也会因之缩减，显得不那么痛苦，没那么真实。

安娜记起，她和母亲一起爬上床去，钻进母亲散发的芳香和温暖中，细雨轻敲着铁皮屋顶和玻璃窗，而她的世界就是母亲的双臂，是母亲的气味和体温，于是整个世界的杂音都随之消泯。

安娜再一次和母亲一起躺在床上。母亲身上的味道不再让安娜反胃，母亲发出的声音也不再让她害怕。她紧紧贴着母亲，她的手穿过错综复杂的输液管，以最轻柔的方式抚摸母亲的手臂上松弛的皮肤，因为几个月以来扎过太多的针头和导管，那里的皮肤已经瘀青发紫。她清楚地意识到自己的孤独，也意识到母亲的孤独，她意识到当她抱紧弗朗西的时候，她们二人的孤独都没有随之减少。

　　安娜抱紧母亲，但母亲并没有抱住她。母亲没有任何力气阻止别人用双臂揽住她，强迫她接受一个拥抱。她毫无拒绝的能力。安娜想，这就是他们让母亲成为的样子：不是女人的女人，不是人类的人类，无法再爱他人的爱。

　　她不再像从前那样感受到母亲的存在，那不再是由肉体、思想和自信组成的鲜活生命，而是一些不受控制、四处凸起的骨头；没错，安娜想，只有那些骨头和其中不断积聚的虚空。

　　她感到只要她抱住母亲，她们就能一起承受这种痛苦，让对方在不断积聚的虚空中存在下去。假如她们真的无法驱散黑暗，她们至少可以在触碰中给对方一些磷火般微弱的安慰。只有这么多，她想。这个拥抱让她们二人都暂时感到安宁，给予她们二人都急需的抚慰，她们就像在掩体中等待下一次炮击的士兵。对此，她很感激。

　　过了不知多久，安娜意识到夜深了。她从病床上起身，把母亲安顿好，离开了医院。

8

此时一轮满月高悬夜空。她沿着河流向纪念碑走去，接着又去了皇后保留地①，那里曾是殖民地公园，现在则变成一些可悲的停车场和运动场，到处是混凝土和沥青，原先点缀其间的灌木丛如今只剩下注定枯萎的残败枝叶。安娜看见一棵古老的杏仁桉树，盘绕的枝条和粗糙不平的树皮在月光下仿佛灰白的大理石板，她坐在树下。

这棵桉树的根须就像把树干固定在大地上的巨大鸟爪，而它向上攀缘、扭动的枝条则让她想起迫不及待伸进崭新手套的女人的手指。从前，她觉得古老的桉树具有某种情色意味，那时她对此十分了然，现在却全然感受不到了，就像某种她童年时熟谙的语言随着家族的消亡而被遗忘。这些桉树在光线、阴影和风中呈现出诸多梦幻般的造型，连同枝条发出的嘎吱声、树皮摩擦的哼鸣、叶子沙沙作响的声音，都让安娜觉得充满了个性和生机，它们表达着如此纷繁的含义，其中没有任何一种能被简化为人的言语。

因为它们本就如此存在。

它们存在，并只向其他生命提出唯一的问题：你也存在吗？

好吧，安娜想，她存在吗？

是的。

不是。

也许。

在她还很小的时候，一家人会一起去教堂。教堂只是一个小

---

① 位于塔斯马尼亚州霍巴特市中心东北部的一处丘陵地带。

小的木屋，那里唯一美好的事物就是门外优雅的桉树——它们斑驳的阴影，它们的气味，坚实的树干和树丛间的鸟叫、树皮窸窣的声音，还有那层层叠叠、像弯刀一样优雅而慵懒的树叶，尘土和浆液的气味，蚂蚁、蜘蛛、毛毛虫留下的些微臭味飘散在厚厚的、母亲怀抱一般的叶丛之中。那是一个笼盖一切、使人沉醉、充满欣喜的宇宙。

后来她再也没有闻到过这些气息。

她想到那时总有那么多虫子，那辆霍顿汽车的挡风玻璃每隔一阵就会被碾碎的蝉、蟋蟀或小飞虫弄成斑驳的一片黄黑。他们的小房子就在海边的村子里，夜里他们一起玩纸牌时，身边环绕着巨大的帝王蛾。它们拍动翅膀，发出闷钝的嗡鸣。后来她再也没有见过这种景象。

他们的生活如此狭小，安娜想，不然又能如何？他们只能接受这种狭小的生活，在这座岛巨大的历史空白中，他们只能拥有这种发育不良的生长状态。他们被困其中，和这份狭小共存，如果他们敢于向它敞开心扉，那么这莫大的遗忘也在某种程度上等同于莫大的回忆。

然而那沙滩，森林，大海，河流，昆虫，动物和鱼类，它们广阔无边。它们的世界无比巨大。没有终结。它们的生命很短，但它们生活于其中的世界很大，充满了无穷无尽的惊奇。比起历史、政治或艺术，她和这座岛上的其他人都不值一提。他们被永远地嵌在被告席上，还未开庭就被宣判有罪。近亲繁殖。罪犯。乡巴佬。杂种①。墙头草。他们生来丑陋，却生活在美丽之中。在

①原文为 "half-caste"，有一定的歧视意味。

他们的世界里，他们自己变得那么广大，那么无穷无尽，而在这无限之中，自由、爱和希望是他们与生俱来的权利。教堂不过是一间简陋的空屋，而沙滩却是一个丰盈的宇宙，那才是他们真正的信仰，就在沙丘、沙茅草、澳洲苦槛蓝中，在海浪、水波和潮汐中，在刺眼的太阳、粗粝的海风、傍晚退潮时沙滩上闪闪发光的纹路中，在盐的味道中，在跳入第一波海浪并随着海水起伏时充溢全身的兴奋中，他们感受到了世界修复其自身的力量。

即使安娜近来度过了一段艰难的时日，那种对自然的记忆也从未离她而去。黄昏时分的风吹拂身体的感觉和它咸咸的气味，日光和那夺目的明亮，茶树的窸窣响声，桉树的战栗，还有炎热午后树影缱绻的抚摸。这一切让她感到完满。那时的世界不断充实，而不是像现在这样愈发萎缩。

有些满月的夜晚，许多人家会聚集在沙滩上，男人们会在银白色的海面撒下渔网，他们拖着渔网穿过汹涌的海浪，以垂直于沙滩的方向把它铺开，然后围成半圆形，最后他们把网拉到岸边，女人和孩子们站在岸上，等待着将手上的空桶填满。这时安娜会抓住罗尼的手，他们总是一起惊奇地看着眼前发生的奇迹：空荡荡的水中涌出了生命。收回的渔网中包裹着如此多的鱼，如此多的食物，这种美好、快乐和丰饶，这种海洋的赐福，一直留在她的生命中，从未离去。

9

那天她醒得很早。电话响起时，她感觉自己仿佛已经等了一整个晚上，甚至等了一辈子，只是为了汤米的这个电话——仿佛她仍在梦中，仍然生活在一个只是被事件裹挟着不断前进的世界，她无力阻止或改变这些事件，只能附和。从那一刻起，一切都在加速，一切都变得更沉重——除了她自己的动作，那根本算不上动作，她只是无法自控地飘浮着，穿过房屋、街道、大门、走廊、电梯，比以往更快、越来越快地赶往那熟悉的病房。她发现，弗朗西被转到了重症监护病房。每次来到这里，她都感到病房里有种令人窒息的气氛，似乎这里是她回想起的一个梦境，而她又似乎仍在梦中；尽管这里十分寂静，还有医护人员的细心照料，她仍感到一种巨大的情感、一种突如其来的感受在房间里激荡，而每一个动作、每一个手势和护士的每一句悄声低语都仿佛在传递着在她看来生死攸关的意义。

弗朗西已经睡着了，至少闭上了眼睛。她此时的存在，似乎只是为了固定各种机器和输液架，而输液架上挂着的袋子里，用以维持她生命的液体正进进出出，仿佛这一切复杂的程序是某种精巧的防腐措施，施加在弗朗西已经死去的身体之上。

安娜忽然觉得这些机器真实地存在于这个世界，而母亲却不再如此。母亲一侧的脸颊乌青得厉害，简直像经历了一场车祸，这是为了防止再次中风而服用太多抗凝药物所造成的不可避免的后果。只是轻轻碰撞一下，她就会出血。她的头和脸似乎一夜之间又衰老了几十岁，深深地陷在枕头里，她的头发也突然变得格外稀少，只是如蛛网般稀疏地悬着，露出些许头皮，她变形、凹陷的脸让安娜想起十九世纪美洲那些印第安酋长的照片：宁静、孤独、骄傲。

在劫难逃。

弗朗西每次呼吸时，嘴巴和脸颊都会随之扭动，像是在拖动什么很重的东西。安娜意识到，渐渐死去的过程——她猜想弗朗西的确想要死去，但只是徒劳地做出一些从生命中逃脱的尝试——其实包含很多很多步骤。但最重要的是，那需要艰辛的努力。

她握住母亲冰冷、潮湿的手，它已被困在交错的线路中，这些线路连接着病床上方如卫兵般伫立的机器。她的手上敷着治疗疮口的药膏，因为她那脆弱得就像烧焦纸页的皮肤在护士挪动或清洗她的身体时裂开了。

弗朗西没有穿睡袍，只是穿着医院给病人穿的围裙，身体也大半裸露着。从侧面看能看见她的一只乳房。安娜的胸很小，总是忌妒母亲更加丰满的身材。现在安娜失去了一侧乳房，对母亲的忌妒之情愈发浓烈，毕竟不管弗朗西失去了什么，她的胸部还是完整的。弗朗西胸部的皮肤看起来依然柔软美丽，甚至显得很年轻。安娜把母亲看作一个年轻的女人，这让她感觉好了一点。那天在霍巴特的这家医院，让安娜觉得奇怪的是，尽管母亲四肢退化、面容枯槁，她的肉体看起来却很年轻。

现在，弗朗西的身体正在履行它应尽的义务，将她的生命从肉体中排出。当安娜按压弗朗西的双腿，却感觉它们异常冰冷。弗朗西的肤色已经从苍白变得接近灰色。她的身体现在彻底放弃了反抗和挣扎，从手脚到四肢，像一支不断溃散、撤退但拒绝投降的军队。

弗朗西语无伦次的嘟哝声变得更低沉、更微弱，安娜不得不俯下身凑得很近，但唯一比母亲在她脸上呼出的气息更让她惊觉的，是两次呼气之间一度长达几分钟的呼吸骤停。

他们的确让她免于死亡，安娜想，但结果只是无限地延长了她慢慢死去的过程。

10

在后来的日子里，母亲的身体机能已经恶化到了极点，她戴上了氧气面罩，面罩的另一端是一架噪音颇大的机器。一位护士解释说，弗朗西已经虚弱得无法呼吸。他们开始尝试让她接受高流量吸氧疗法，或许不久后她就能恢复到更常规的鼻导管治疗。但弗朗西的脸在面罩之下看起来愈发干枯，好像面罩正吸干她的生命，而不是把氧气输送进来。

医生们带着否定和失落的表情望着安娜，他们之间发生过几次激烈的争吵，因为有医生认为继续透析不仅徒劳，而且残忍。但正因为安娜在内心深处害怕医生的看法才是对的，她不得不掐灭自己的恐慌，她想象自己朝着医生们大叫，控诉他们想谋杀她的母亲，威胁他们她会联系报纸，这一切会传遍网络，她会毫不犹豫地揭露他们的残忍行为。

弗朗西一天比一天病弱，也一天比一天更依赖戴维，总是拉着戴维的手久久不放开，但安娜和汤米对她而言愈发陌生了。她越是在乎这个留着胡子的男孩，越是不承认安娜为她做的一切，安娜就越是坚定地想要弗朗西活下去。就像很久以前护士说过的那样，所有的生存不都是一场漫长的战斗吗？

没错，安娜回答道，这位年轻女子随口说出的台词在她听来却像是一个启示——漫长的战斗……继续生存……继续战斗……继续生存。是的，是的，她想，就是这样！护士随口说出的话在安娜听来成了一句哲理箴言，解释了母亲无穷无尽的苦难，也解释了她为何必须继续为了一个可以预见的未来承受痛苦。

生存……战斗……不是吗？不然还能怎样……为何生存？……如果不是为了战斗？

这句话仿佛一束光照进安娜内心的黑暗世界，尽管安娜也说不清这束光究竟照亮了什么。重点在于她现在能看清一切，曾经浑浊、混沌的一切现在已然分明；曾经看起来格外艰难的一切现在也变得容易了一些，也没有什么能再进入她脑海中那个汹涌地反复流转着的死循环了。

战斗……生存……生存……战斗。

但她再一次给汤米打了电话，让他和她一起坚持到底，和那些手握资源的朋友结盟，她威胁、利诱汤米，反复计算新增的开销和这些开销最合理的分摊方式，考虑为了维持母亲的生命，他们还能提供哪些办法。这一切都是为了让安娜能够继续自己的生活，而不必面对她最恐惧的时刻——并非母亲死去的时刻，而是母亲死后的一个又一个瞬间，那无数个时刻的集合，为了抵抗它们的到来，安娜必须维系母亲的生命——而此时，她根本望不到母亲生命的尽头。

第十一章

1

一架小型飞机像塑料袋一样颠簸、抖动着，犁出一条虽不规则但异常执拗的航迹，穿过黑暗的风暴云。在这个湿润的春天，安娜花了许多功夫才坐上这架古老的塞斯纳单发活塞式四座飞机。她问丽莎·夏恩她能否参与清点橙腹鹦鹉的工作，丽莎告诉她最近刚好有一个人从下一季的志愿者名单里退出了，这让安娜颇感吃惊。丽莎说，如果安娜能达到相关要求并留出时间，那就没问题。之后的整个冬天，安娜都在艰难地和事务所协商，最终得到了三个月的无薪假期，然后她又耗费大量时间获得了警察局的审核材料、医疗证明、急救资格证书，与之相比，花两天参加培训课程已经算不上什么。

片刻间，当安娜与成箱的食物和补给品一起待在飞机后部，随着机身颠簸而感到恶心和害怕时，她觉得先前的一切努力似乎都变得值得怀疑。

真该死，飞机通话系统里传来噼啪作响的亨尼·卡内瓦莱的声音，安娜觉得自己仿佛置身于一台飞行的希尔曼明克斯汽车[①]。

[①] 英国汽车制造商希尔曼在 20 世纪 30 至 70 年代间生产的一款汽车。

亨尼·卡内瓦莱年纪很大，还记得希尔曼明克斯汽车。她是安娜的观鸟伙伴，一位六十七岁的版画家，来自阿德莱德①。她坐在前面的座位，而她身旁的飞行员却像一个逃学的高中生一样年轻得令人不安。安娜将和亨尼一起飞往塔斯马尼亚岛西南部的荒野，开始统计橙腹鹦鹉的工作。

这架"希尔曼明克斯"忽然跳出幽闭的黑暗云团，进入一片俯瞰着旷野的清朗高空，而他们几个人此时也成了这荒野之地的一部分：庞大的内陆港口周围是人迹罕至的山野，荒地和莎草渐渐被茶树和雨林取代，绽放出一个包含着无数种绿色的世界，山脉高处被白雪覆盖，看不见任何人类的踪迹。小型飞机平稳下来，这时安娜看见它小小的影子划过下方的森林，就像喷溅在白纸上的一滴墨痕。

天啊，亨尼·卡内瓦莱说，这真是他妈的世界尽头。

夏天，游客乘着轻型飞机到来，而更具有冒险精神的游艇俱乐部则聚集在港口。但早春的海水和海风过于狂暴，天气也十分恶劣，有时好几天甚至好几周都没人前来。飞机把两位乘客和补给品留在简易跑道上，然后就掉头飞走了，这时安娜才忽然意识到，在戴维港工作的志愿者只有她们两人。

六天后，亨尼·卡内瓦莱因为可能患有胆结石而匆匆离开，结果这里只剩下安娜一人和亨尼只抽了半包的强劲大麻，还有总部会尽快派来新的替补志愿者的承诺。

天气突然变得很糟，刮起了猛烈的西南风。自此之后，飞机无法在这里着陆，也无法再送来新的志愿者。

---

① 澳大利亚南部港口城市。

2

安娜的工作是每天检查两次鸟巢。她会带着梯子去各个地方查看那些人工鸟巢，它们有的被安置在树上，有的挂在特定地点的木杆上。到达每个鸟巢后，她都会爬上梯子，通过一个窥视孔来观察里面的情况。她的任务是记录回归此地的橙腹鹦鹉的数量和它们后来产下的鸟蛋或孵出的雏鸟的数量。

但她没有任何数字可以记录。

十月或许是最悲伤的月份，但现在已是十一月，距离历年鸟类最迟飞回来的时间已经过去了两周。自从安娜来到这里，她检查过的每个鸟巢都空空如也。

连一只橙腹鹦鹉也没有。

安娜气喘吁吁地一边走，一边检查鸟巢，两小时后，她终于来到最后一个鸟巢，这也是最高的那个。她找到了那块通常用来支撑梯子的石头（虽然这么做有些危险），把梯子支了起来。

她往后退了几步，点燃了一支亨尼留下的上好大麻，就是她在吃早餐时卷的那支。然后，她耸了耸僵硬的肩膀，休息了一会儿，开始细细领略周围的平原和山地，观察这无法测度、无边无际的奇景。

抽完大麻，她爬上梯子，踩到最高的一级时，她惊惶地趔趄了一下。她打开盖子，从那个小孔里窥看黑暗的鸟巢内部。她等待瞳孔适应暗淡的光线。她惊讶地发现，在视野中慢慢变得清晰的，是她母亲病房里那扇让母亲看见了女巫和君士坦丁的窗户。

安娜胸口一紧。她听见一声越来越响亮的嗡鸣。她浑身战栗，梯子也跟着摇晃起来。她伸出手保持平衡，但她的手穿过了那扇仿佛敞开着的窗。就在这时，安娜消失了的另一只手没能抓住梯子，她失去平衡，倒了下去。

3

她向前坠落，手掌穿过窥视孔，穿过那扇窗户。没有突然降临的恐慌。她只是在寂静中轻柔地翻滚，既静止着，又在不断运动。安娜往下坠落了很久很久。就在她快要撞上地面时，她弯曲身体，强有力地向前俯冲。她发现自己飞了起来。

4

她在高山间的荒野醒来，身上铺满层层叠叠的叶子和繁复艳丽的花朵，这床单美得离奇。太阳很低，在黑暗的天空和遥远的山脉之间散射着红褐色的光芒，这是此刻暗淡世界唯一的光亮。一束束跃动的阴影和光线交织，在荒原上翻卷，描绘出耀眼的锈红色、铁灰色和晶亮的碧绿色。她认出下面很远的地方是戴维港广阔的水域，此时它一片漆黑，只是时不时突然闪烁，仿佛为这热烈的光线感到惊骇。

5

这时她才发现，就在不远处，一个英俊的年轻人卷起袖子，露出强壮的双臂，手握缰绳站在平板马车上。那是格斯！——不知为何，格斯完全恢复了原状，一个器官也没少，脸颊也那么完整清晰，睁着好端端的两只眼睛。她看见马车上还有泰尔佐、罗尼和霍利，就坐在格斯身后，他们大声谈笑。他们抬起头，看见了她并朝她招手。但当她想朝他们走去，她却动弹不得。她浑身瘫软。但他们正朝她呼唤。来呀，来呀！他们叫道。然而无论她多么用力，她就是一动不动。家人们的呼喊声越来越大，也越来越迫切。到我们这里来，安妮！但她的身体仍旧无法动弹，而她对此无能为力。

最终，格斯俯下身来，低声对其他人说话，接着他又站直了身子，让马车掉头往回驶去，其他人步行跟在后面。

安娜目睹他们消失在一个遥远的山坡后。她久久地望着那个她无法抵达的地方，感到浑身僵冷。

6

她听到身后传来爆裂声。四周出乎意料地沉寂——这声音又出现了一次，听上去仿佛离她更近了一些，而当第三声响起时，不远处的一颗石头弹跳开来。安娜这才意识到有人在朝她开枪。子弹让空气咝咝作响，让青苔剥落，它们离安娜越来越近，她使出浑身的力气想要逃走。凭借着几乎要将她撕裂般的痛苦努力，她的一只脚终于动了起来，过了一会儿另一只也能活动了。她跌跌撞撞地往前走，几乎快要跌倒，但最终她找到了平衡。她突然获得了一股超出想象的力量，开始快步向前，步子也越来越大，她飞奔着追赶格斯还有她的父亲和兄弟，落向她的子弹变成了一阵密雨。

她跑得更快了，为了避开子弹而不断弯腰闪躲，她挥舞着手臂保持平衡，最终她弯下腰，继续向前奔跑，而她的手掌变成了爪子，手臂则成了动物的前腿。她的衣服被树枝划破撕碎，一条条地挂在树上，于是她全身被条纹状的皮毛覆盖，变成了一只袋狼，她的育儿袋里还有一只刚出生的小袋狼。她跑得越来越快。

不知为何，子弹仍在发射，忽然一颗子弹穿过她的肚皮，杀死了年幼的小袋狼，现在她成了整个世界最后、唯一、绝无仅有的一只袋狼，然而即便如此，人们仍在朝她开枪。她用力奔跑，每次跳跃的距离愈发宽阔，她落地时感受到的土地越来越少，而腾空时呼吸到的空气越来越多，直到她最终升上天空，开始飞行，变成一只翱翔的楔尾雕，但她又一次被子弹击中，跌落在地，她随后便藏匿在山间的小溪里，变成一只巨大的淡水螯虾，这时，那些人没有背着步枪悄声接近，而是拿着一些发出轰鸣的机器，它们可以像剥玉米那样一口气剥掉一整棵树的树皮，它们就像一根巨大的牙签，可以剔除整片森林，仿佛这些树不过是一些碎屑、尘埃，直到原本被雨林覆盖的河岸——那柔软如绒毛、轻柔如爱抚的河岸——变成一片遭受了暴力的破碎土地，覆盖着烧焦的树枝，被泥石流和洪水侵袭，于是她只能在泥沙中窒息，然后她变成一只袋獾，在一条小路上啃食腐肉。一个英俊的男人看见了她，她被他头盔上的灯光照亮，他笑了笑，加快了工作。她又变成一只长着斑点的袋鼬、一只蜜袋鼯鼠，接着变成蜥蜴、蜘蛛和蜜蜂。每次变形，她都是那个物种的最后一只，或几乎最后一只。

她害怕自己注定将要毁灭。

但她还在继续变形，这种生命的能量让她无法抗拒。她变成香桃木。她变成地中海柏木，变成彩穗木、野甘草和垫状植物。然而所有这些树木、草和苔藓都接连消失了；她接连化身的所有这些事物长久以来都从未被她察觉，它们都存在于她体内的世界，都历经了她走向消亡的整个过程——枪击、铲平、砍伐、开采、培育、毒杀、窒息、击打、焚烧、烧毁。

没有任何悲伤和失落的言语能形容这种体验。这其中一无所有，但又包含了一切。然而终究一无所有。

7

她试图超越自己，但并没有成功。言语纷纷瓦解崩溃，在眼下发生的一切事情面前，它们传递意义的功能已经毫无意义。

现在她明白，他们并不是被逐出伊甸园的。是他们将伊甸园逐出了自己的世界，而这一切再也无法回头。她明白得太迟了，伊甸园原本就在此处，在她的掌握之中。但她仍在前进，蹒跚而行，她移动的速度只能用季节、世纪甚至千万年来测度，如同一株高山植物，一种存活了一千年之久的地衣，一种微生物，一个百万年后将再度降临、警醒世人的幽灵。

她的腿扭了一下，她跌倒在地。她伸出手臂，但她从前的力气、恢复能力和反应速度已不复存在。

她意识到她已被困在这具由脂肪和碳构成的肉身之中，她的身体经过一千年的变化，变成这个永续不断的生命体，它可以抵抗枪击、冰河期、时间掠夺和任何生物学上的意外事件。但不同以往的是，这次变形后，她不可能再获得新生。

8

她周身的一切都在消亡，就像在奇幻故事里那样：鱼、鸟、植物，一切都正在灭绝的进程之中，甚至濒临灭绝的边缘。但没有人注意这件事，最多也只留意了一瞬间，生命还在继续，直到世上再没有任何生命。她现在才意识到，她成熟在这万物的秋天，在这样一个非凡绝美的世界——古老的雨林、宽阔的河流、沙滩、海洋、鸟兽鱼虫，这一切对她而言都是通往自由和超脱的路径，而她现在才明白，它们无一不是稍纵即逝的奇迹，即将走向灭亡，直到最后只有人类留在这里，但他们也不过比那个美妙的世界多存在了一小会儿罢了。他们不能单独存活，不能在那些奇迹之外生存——谁又能做到呢？——到了那时，时间本身也将终结。

很快，大地上仅剩湿润的沙石，一时间还能看见灰烬留下的斑痕，但那痕迹也像绝望那样短暂。再过一阵，连这些灰烬也会消亡，被层层泥土、沙石、尘埃覆盖，形成一条环绕着整个地球的极其纤薄的土层，它记录了一场史无前例的灾难，其唯一的产物是这些毫无意义的碎屑，无尽的灰烬和塑料。

之后则是一片空无。

9

在普通病房，弗朗西仍在呼吸，机器更新着她的体液，维持着气体和其他物质的交换。就这样，在安娜死去许久之后，弗朗西仍然活着。

她会活得比这个地球还久，一名正在拖地的清洁工抬起头来评论道。

在床边坐着的是她仅存的儿子，一个壮实的中年人，上次来访时他再次向她介绍了自己，还带着他九个月大的孙女。他细致而耐心地用他买来的一大袋娃娃、图画书和玩具讨好他的孙女。他一开始见到她时还有些口吃，但他有了一些变化。尽管他这两天很少说话，口吃却渐渐消失了。每次清洁工无意中听到他说话，都发现他的声音总如此刻这般安静，他用一种绵长而温柔的声音对病床上的这位老妇人讲话。

妈妈，和他们一起去吧，他说道，现在你可以走了，一切已被遗忘，时间已被遗忘，我们也是，还有这张床、这扇窗户、那个女巫和君士坦丁大帝，就连这种被遗忘的感觉也被遗忘了。你去吧，去那些故人那里，弗朗西，去听听罗尼的笑声，去看看你的父亲像打开一个礼物般犁开红色的土地，看看你的父亲跪地祈祷的样子，去听听我们的故事，奇迹的故事，小鸟、太阳、色彩和光的故事。妈妈，去他们那里吧，他们在等着你，我们会和你在那里相见。清洁工能听见他的低语：现在，你可以去那里了，没事的。

清洁工用脚踩下水桶上的滚轴，挤干拖把上的水，然后又挺直了身体，这时汤米继续轻声细语地说些安抚母亲的话。清洁工看了看他和老妇人，又看了看他和那个小女孩，她看到他对母亲那样温柔，而对小女孩也如此细心，他的样子深深打动了她。他的善良也打动了她。他告诉她，等会儿他们要去看望女孩的父亲——也就是他的儿子。他也在这家医院，在精神科那栋楼。男人说出这件事的时候并没有露出羞愧的神情，只是如实陈述。他的人生故事非常简单——后来他简要地和清洁工讲述了这一切。女孩被母亲弃养了；女孩的母亲病得很重，患有某种人格障碍，大部分时候她还算正常，但最近，因为漫天的火灾烟雾和许多人接连消失的身体，她又病了；也许她过一阵子会感觉好些，他也不确定。所以，至少目前，他必须照顾这个孩子，等她父母中一方或双方的病情好转后再把她带回家。否则他只能一直照看她，直到某天她的父母做好了准备。

清洁工对他说，这孩子真是个幸运的女孩。

他并不确定，但他希望如此。他只知道，有了她之后，他不再去想那些他不愿再想的念头。或许，他说着，女孩在他臂弯里蜷起身子，慢慢睡着了，他自己才是那个幸运的人。

清洁工想起她还有八个病房要打扫，而且她的工作时间快要结束了，于是继续埋头工作。

10

过了一会儿，一位医生和两名护士走了进来。医生低声跟汤米说了些什么，汤米一言不发，只是点了点头，抱着女孩站起来，然后离开了病床。

病人的儿子默默看着护士们把输送液体的管道依次关掉。他看着她们沉默而缓慢地把输液管和导管从老妇人身上拔出来。他看着他们把呼吸管从她嘴巴里抽出来，最后她的氧气面罩也被护士取走了。他发现长久以来那笼罩着老妇人的蛛网此刻已被完全拆除。唯独剩下的一根点滴管正将芬太尼注入她的体内。

所有人都静静地站在一旁，注视着她，仔细聆听着。

她在呼吸。

医生走到床尾，拿起夹着药品清单的写字板，看了看他的表。汤米注意到他的红色表带系得太紧，勒进了他粗胖的手腕。医生翻动药品清单，给每一页上的药物都打了一个大大的叉，并在页面下方签上了名字和时间。

他把写字板放回去时，汤米仍在好奇，为什么他不把那根红色的表带系得松一点。

他看着他们一个个地关掉机器。它们的嗡鸣声和那讨厌的嘀嘀声都停止了。在一声不自然的嗡响也消失后，寂静充满了整个房间。

谢谢你们，汤米说。谢谢你们。

他看着护士关了灯，褪下老妇人腿上齐膝的压力袜——她的肌肉已经萎缩得无法撑起袜子。一个护士拉平了床单，与此同时另一个护士把弗朗西扶起来坐好，让她感觉舒适一点。他看着她们俩整理好她身上的睡袍和红色羊毛衫。他看着他们擦了擦她的脸，然后用最轻柔的手法把她的头发梳成蓬松的样子，似乎她们稍稍用力一些，她的头发就会化为尘埃。

做完这些，医生和护士都往后退了几步。谢谢你们，汤米说。她看起来很好。谢谢你们。

等他们退出病房，汤米坐下来，握住母亲瘀青的手。房间里安静极了。

弗朗西的呼吸很浅，有时会长时间地停顿。她看起来很镇定。他努力和她呼吸的节奏保持一致。一位护士又回到病房，问他有什么需要——茶，咖啡或者饼干？

他说不用了。

那个小女孩呢？

她还在睡梦中。

他坐在床边，试着跟随母亲的呼吸，直到暮色降临。小女孩在他的腿上熟睡着，但他忽然发现房间里只有他一个人在呼吸。他坐了一会儿，还在思考那个医生为什么不松一松他的表带。最后他站起身来，把孩子的头放在他的肩上，然后俯下身去吻了吻弗朗西的脸颊。

汤米把脸贴在弗朗西的脸上，待了一会儿，一两分钟甚至更长时间。孩子的脸就在他们俩旁边。他呼吸着孙女发出的小兽般热烈的气息和死去的母亲那冰冷的气味。

房间里只有雨水敲打窗玻璃的声响。

他稳住自己，站直身子。有好一会儿，他只是呆呆地站着。后来孩子醒过来，开始吵闹，他离开了房间。

11

丽莎·夏恩把视线从鸟巢里的一片黑暗中移开，爬下六级横梯，把梯子折叠起来。

夏恩不知道当那个可怜的志愿者——不得不说，那的确是个怪女人——因为心脏骤停而像颗石头落地那样跌下梯子时，鸟巢里有没有鸟。据医生说，那个志愿者跌到地上的一瞬间就死了。他们说她当时应该什么也没感觉到。

天空是黑蓝色的，到处都弥漫着绚烂的黑色，不知何故，世界忽然看上去异常生机勃勃。春日的阳光下，薄薄的细雨洒落。丽莎·夏恩被打湿了的裤子贴在腿上，让她感觉舒服，四肢也充满力量。西南面吹来一阵强风，把南冰洋咸涩的气息吹进她的鼻子，那是盐和泥炭混合在一起的潮湿气味，她深吸了一口。那一刻，她感知到万事万物。

12

刚刚抵达这里的小小鸟儿浑身青翠，像希望一样，两只小眼珠黑黑的，像洒落的墨滴一般明亮。她抬起头看了好一会儿，直到她确认，那个用一只眼睛从小孔中窥看她黑暗的鸟巢的年轻女人已经远去。

她伸展腿脚时羽毛有些乱了，看上去毛茸茸的。她抖了抖身上的羽毛，接着又收回翅膀，把她橙色的腹部安放在鸟巢之中。

13

丽莎·夏恩就这样跪了下来，双腿在泥土中压出浅浅的凹痕。接着她低下头，等待整个宇宙的振动传入、流出、穿过她的身体，她感到这个宇宙属于她。这巨大的礼物，巨大的感恩。她的力量在整个世界显现，而整个世界的力量也存在于她的体内。她跪在地上等待。她已做好准备。她惊奇地发现，她并不感到沮丧或挫败。

图书在版编目（CIP）数据

幻梦中涌动的海 / （澳）理查德·弗兰纳根著；李
琬译. -- 海口：南海出版公司，2023.9
书名原文：The Living Sea of Waking Dreams
ISBN 978-7-5735-0302-2

Ⅰ. ①幻⋯ Ⅱ. ①理⋯ ②李⋯ Ⅲ. ①长篇小说-澳
大利亚-现代 Ⅳ. ① I611.45

中国国家版本馆 CIP 数据核字（2023）第 109840 号

著作权合同登记号　图字：30-2023-054

幻梦中涌动的海
〔澳〕理查德·弗兰纳根 著
李琬 译

出　　版　南海出版公司　（0898）66568511
　　　　　海口市海秀中路51号星华大厦五楼　邮编 570206
发　　行　新经典发行有限公司
　　　　　电话（010）68423599　邮箱 editor@readinglife.com
经　　销　新华书店

责任编辑　侯明明
特邀编辑　周雨晴　刘书含　吕宗蕾
营销编辑　陈歆怡　王蓓蓓
装帧设计　韩　笑
内文制作　田小波

印　　刷　山东韵杰文化科技有限公司
开　　本　850毫米×1168毫米　1/32
印　　张　8
字　　数　170千
版　　次　2023年9月第1版
印　　次　2023年9月第1次印刷
书　　号　ISBN 978-7-5735-0302-2
定　　价　59.00元